小文艺·口袋文库

小说

成 为 你 的 美 好 时 光

小文艺·口袋文库

小说

# 无性伴侣

## 唐颖

上海文艺出版社

目
录

————————————

## 无性伴侣

## 告诉劳拉我爱她

# 无性伴侣

上海人把阿进这一类男人统称为"娘娘腔"。瞧瞧阿进，说话拖腔带调，言语细碎，猛一听，你以为是个女人。看起来阿进的荷尔蒙也不够指标，脸颊光滑皮肤细腻，就好像阿进没有发育，还停留在少年时代。可偏偏是阿进这样的男人最有女人缘，公司销售部那几个伶牙俐齿却又春风满面的Workinggirl（上班女郎），和阿进勾肩搭背同进同出，让自认为是

"标准"的男人们愤懑不已。

上海的上午八点之后车流就不太畅通，淮海路被红灯截成一段段，但这段时间正好被她们用来"讲账"，她们有三女一男，这一男当然是阿进，所以可以用"她们"指代。"讲账"是上海话闲聊的意思，但这一类方言在本地已经没落，阿进却很怀旧地将濒临死亡的语言说得津津有味，让同路的这三女发痴一样笑个不停。三女分别是朋朋、阿杜和薛兰。

她们四人住在相近的马路，所以"拼"一部出租车上班，这在公司的上班族也很通行。问题是这一个雷打不散的女性小群体只肯把唯一的空座留给阿进这样的半男人，恨得公司的其他男性彼此询问，是不是时代往后的进化，是以男性退化作为标志？

女性之间没有这般忧患的话题，她们不懂男人的心思，或者是装作不懂，谁知道呢？也许她们更愿意退回到智力还未开发的时代，至少她们在一起的时候，是以这样一种简单方式分享时光。

眼下，她们坐进车子还睡眼蒙眬，彼此连招呼都懒得打，各人抓紧时间完成早上的功课——功课倒是一样的——打开化妆袋，对着袖珍镜子上粉底、描眼线、涂唇膏……

待阿进上车时，这几张面孔正在如火如荼的色彩中挣扎，是完美之前最一塌糊涂不忍卒"睹"的一刻，本应该藏在密室里的面孔，现在却毫无顾忌地对着阿进粲然一笑，露出标志性的灰牙——七十年代儿童被四环素腐蚀过的齿——奇怪的是，这些笑出一口灰牙的女孩通常总有一张白皙标致的脸。

看惯了这些面孔从草创到完稿的变化，阿进倒也处变不惊，稳稳当当地坐在驾驶座旁的位置，用他的雌雄莫辨的语调讲述着晚报上的隔夜新闻，因为他的女同事们似乎没有读报的习惯。诸如"蔷薇花下"这类有几分荒诞感的市井小故事，常让她们笑得人仰马翻，把车厢嘈杂成互相串台的频道，因为司机正热衷于他的电台节目——一首歌搭配超量废话的 FM 频道，司机乘隙将音量拨到更高，而这时的阿进便怔怔地看着其中一张涂到一半的唇，发出评论：

"我觉得你的面孔好像长了两张嘴。"

于是又引来一阵疯笑，阿进的肩膀还被姑娘们的粉拳砸了几下，这正是阿进讨女人喜欢的地方，憨拙中闪现的一星半点的机智，就像随便翻一本平庸的书却意外看到精彩的插图，让人有突然被穿透的快感。

车子在公司的马路对面刚停下，九点的播报音也正好在 FM 频道响起。"阿进，冲……"朋朋的话音未落，阿进已经如一颗出膛的子弹，弹到了马路对面公司门口，手里举着考勤卡，这一刻的阿进表现了他的男子本色。

待三女齐齐走进自己的写字间九点已过四分，经理皱着眉冷脸转向她们视线却对着她们头顶的一片墙，似乎他所有的努力是在避免和年轻女孩有视线接触，"看看你们的表！"

"以卡为准！"朋朋兴奋地喊起来，阿进已将四张考勤卡塞给经理，他气喘吁吁额上还在滋细汗，"播报音刚刚响到第九记，我一脚跨进公司大门，亏得我在学校练过田径……"女人们都笑起来。"你有什么出息？练习田径就是为了跟着女人跑！"经理一把抢过阿进手里的卡，横了他一眼，走进他的经理室——一间用合成板拦成的空间。这栋外形伟岸的大厦内，盘踞着大量公司，个人的空间都是局促的，即便是老板，也不肯为自己占有更多的空间。寸土寸金的地方，连暴发户都晓得收敛比扩张更重要。

"跟屁虫一个！"片刻寂静后，有男声解恨地附和着经理。

"请注意五讲四美！"温和的抗议，斯斯文文的薛兰已坐在她的写字台前，脸颊把电话贴到肩上，手里握着笔，标准的白领形象，人们说她的男友是艺术家，把肮脏的长发束成马尾辫，最喜欢抨击的便是白领一族，称他们是"都市的奴隶"，"套名牌的行尸走肉"，难怪薛兰作为公司资深雇员，两次放弃晋升机会，是不是她在以她不动声色的方式去缩短和她的艺术家的距离？

可朋朋是有战斗力的，岂肯善罢甘休，嗓音尖锐地高上来，是对刚才的男声的回答，"你要跟还跟不到呢！"看看朋朋的外表，你就晓得她被光滑的人生弄得腻烦，把头发削成寸长，额前一撮发染成天蓝，唇是银灰蓝，指甲是深藏蓝。

"女人啊，就是会过高估计自己。"男人的声音有点阴阳怪气。阿杜的抗议便跟上来，"谁让我们生不逢时生不逢地，茫茫大上海又有几个真正的男人？"

"所以女人怎么过高估计自己也不会高！"打击面已经扩大，但朋朋夸张的表情和语调将锋芒演变成滑稽，女人们当然乐不可支，男人们也跟着嘻嘻笑，但笑声里两性的战斗更为激烈，冲突造成的血流加速头脑发热，双方就有些出言不逊。

男人说："现在的女人已经失去雌性本色还要把我们男人的本性改变，比方我们阿进……"

女人说："你们的器量也太小了，连阿进都要忌妒！"

男人说："妒忌阿进吗？笑话，要是打架，都不想对他这种人伸拳头！"

女人说："你们只会在阿进面前称雄，面对真正的武夫都吓白了脸，上次有个抢劫犯进大楼，阿进害怕还说得过去，可你们全都不敢近身，也不见得比阿进强多少……"

仔细听听，发现阿进已成了双方共同的靶子。

阿进已打开电脑手指和眼睛各忙各的，听到自己的名字，便抬起头看看吵吵嚷嚷的男女同事，脸上的表情是旁观者的事不关己，目光顺便把办公室的四墙浏览一遍，墙壁被写字台隔成风格各异的小空间，是色彩遍墙流的图片展览。歌星影星球星和自制的网上明星，总之各人发烧的对象不同，但似乎又是相同的。一组英国人乐队十分引人注目：清一色的男性，左耳垂嵌着耳环，肩膀和胳膊像打足气的球从黑马夹的边缘凸起，马上就要弹跳出来似的。如果说这些肌肉足以代表身体的男性，可是，这些身体化的男人却是同性恋，是的，他们是著名的同性恋乐队，生气勃勃地站立在朋朋的写字台上方。办公室的男士们谈起他们竟有一种不可名状的自得和侥幸，是侥幸自己的"正常"？他们难道没有发现图片上的男人更加自在，那些"伪男人"正按照自己的意愿生活着，和谁做爱，或者说应该和谁做爱似乎并不重要！

"每个人都可以有创业的 Niche，只怕自己都不知道！"阿进突然没头没脑来上这么一句。

"阿进，还在梦想当网络上的SOHO族？"

"你找到自己的 Niche 了吗？"

办公室一时又沸腾起来。

薛兰桌上的蒸气咖啡壶冒出了热气，咖啡香温柔地覆盖住人们的鼻腔，却倏忽而去，像风一样在穿行中消失了。

\*　　\*　　\*　　\*

薛兰是经理的助理，不知从何日开始，办公室的其他人也和经理一样需要薛兰的咖啡，当每一天时光随着产品一起销售出去的时候，一杯热咖啡至少可以温暖你的胃兴奋你的神经，于是员工们将薛兰的咖啡称为卖身前的热身咖啡。

只有阿进不喝咖啡。不喝，只因为他把咖啡看成饮料中的奢侈品，需要在某种时刻享受，而不是上班时。更重要的原因是，阿进不忍让薛兰为他服务。

薛兰把咖啡给经理端上时，经理的脸上便有了几分宽慰的笑意，"昨天晚上老婆和我吵了半夜，她向我要男女平等。"有时你会觉得薛兰更像是经理的心理医生，而不是他的助手。

薛兰看着经理的目光是鼓励的，事实上她早就熟悉他述说的内容，老话题了，隔几个星期就要通过吵架讨论一次，接下去一定会说，"她抱怨我晚回家，然后歪升到理论，说我和我们这一类东方男人缺乏家庭文化教育，是没有进化到文明的一个族群！"

经理和太太当年是师生，相差十几岁，经理下商海时，太太继续读学位，从纯科技读到社会学，拿了两个硕士，如今在大学任教，当一名大学教授是经理太太年幼时的理想，对于她来说，理想在一步之遥，但幸福却飞走了，是栖息在彼岸的一只鸟，而经理现在经常反省自己发达前如何会对有理想的才女情有独钟。

"经理，你每晚都有应酬，这也是真的。"薛兰总是轻声细语为经理的太太分辩几句。

"应酬是为了做生意，有生意才有钱赚才能养家！"经理的自我辩护千篇一辞，晚归的男人们夜夜重复着同样的话，都是经理这样的中年人——在匮乏的年代成长——年轻时压抑的结果是，对今日声色犬马的夜生活有过高的热情。

"这一次她提出散伙，她说既然我不能给她家庭生活！难道她找到了能给她家庭生活的什么人……"经理很意外，意外结果的突然到来，薛兰也跟着意外，这才发现经理的确很"东方"，不擅经营夫妻关系，却又需要家庭，要是真有这样的结果，他会不会辞职呢？按照经理的说法是除非辞职，才能给一份令太太满意的家庭生活，但辞了职丰厚的薪水去哪里获得？没有薪水又怎么保证有质量的家庭生活？

这很像一个悖论！也许这只是人们用来自欺欺人时的遁词？

电话铃响起，已经响了一会儿，从薛兰的桌子响到经理的桌子，经理挥挥手，表示等会儿再说。"经理，中午我们去对面的料理店吃自助寿司，我请客。"

这顿午餐对于薛兰，除了付钱还要付出一小时的时间听人发牢骚，薛兰只想着要帮助经理找出两全其美的办法，保住家庭的同时保住职业，或者说，保住职业的时候保住家庭？薛兰没有意识到，她是要保住她所能占有的空间，她的人生中所有称得上是安全的元素她都在努力把握，有谁像她这样努力呢？

然而，中午一小时是不够讨论这么一个高难度的问题，但是在薛兰，一天中只有这一小时可以奉献出来，下班后的时间是属于守在她租来的公寓里的男朋友的。薛兰是个被恋情折磨的女子，在和恋人的关系中是小心翼翼如履薄冰的一方，以为一己苦心便能把危机阻止在家门外，却不知命运有时不能自主。所以她常常以己度人，经理的家庭还没散，她的心已被他人的危机罩上了阴影。

中午之前薛兰受到至少是两个以上的男士的邀请，邀她共进午餐，看起来他们都有自己的私人问题需要和薛兰讨论，薛兰是那种不显眼的女孩，眼不大个不高，着装保守，化妆也不带个人特色，在公众场合这样的女孩更像个平面的影子，任何色彩声响都能把她覆盖，然而，"影子"正是在被覆盖时获得了某种安全的空间。事实上，薛兰谦逊的笑容让受到挫折的男人不至于被自卑压垮，更重要的是，她有一双倾听的耳朵，任何与她交谈过的男士会对她心生感激，而只要看看薛兰在午间受欢迎的程度，就能感受今日男人内心焦虑的重量。

"红粉知己嘛！"朋朋和阿杜嘲笑她，不吃醋还带点怜悯，她们俩漂亮时髦也更心不在焉，眼面前的男士从来没有真正进入她们的视线，对于薛兰在办公室的角色，她们当然有些不屑，却也从不抨击，彼此算得上是有交情的朋友，互相保留着宽容，更确切的说法是，之间有一种事不关己的自由但冷漠的空间。

午餐时间，落空的男士只能眼睁睁地看着经理和薛兰去对面的日本料理店。两女夹着阿进去底楼的大餐厅，让他排队帮着拿套餐。

套餐放在格成几格的铝制大盒里，基本上是运动员的能量，一大堆让人倒胃口的荤菜：裹在番茄沙司里的鸡腿，酱油色的油炸鱼，炒虾仁和炒肉片配了几片蔬菜却是浸在油里，而且偌大的餐厅，各家公司的员工挤在一起，端着同样的盒子，觉得是从集装箱里出来，"穿名牌又怎么样呢？这种时刻才让你深深感受自己是打工阶级，"朋朋有发不完的牢骚，阿杜嬉皮笑脸跟着咏叹，"乏味啊乏味，就跟我们上班女人穿的套装一样，搭配来搭配去，味道一种：乏味。"

"通常都是这样，正常的饭食，正常的人生，只能乏味，正常就是乏味。"阿进的口吻有着怜悯，仿佛施舍，将他的至理名言施舍给她们——他的女同事，无心无肺的上班女郎。

两女便笑了，目光亮闪闪地望着他，就像星光照着他，把面前的男人照得有点卑微，是这样，阿进星星点点的智慧已在瞬间抚慰了女孩。

"可是，吃寿司自助最不划算，他们只晓得说话，哪里顾得上吃……"

"阿进，这就是你的娘娘腔，不管有没有必要，总要精打细算一番，拚命吃不说话，把自己撑得心跳加速就划算了？"朋朋不耐烦的目光在远处漂游，你总以为她在寻方向，令人不解的是，她的方向早就有了，和她一样在吃公司餐的男友，正在另一个区域的大厦底层挤来挤去。这一

两个月他们在收集房地产广告，买房然后
结婚，于是朋朋的目光中便有了某种迫
切，不是迫切地走向婚姻，是一种背道而
驰的愿望，那愿望来自于本能，她的理性
何曾清楚？

　　"寿司店的鱼子饭团我一口气能吃十
个，鱼子又咸又腥，但只要和饭团一起嚼，
就有一股特殊的香味喷射出来。"任何时
候讲到美食，阿杜饕餮的劲头便上来了，
用的语词都是性感的。

　　"饭团很重要，不能太烂，也不能太
干……"阿进说。

　　"既要干爽又要柔软……"

　　"我喜欢生鱼片饭团，蘸着生抽王和
芥末，牙齿咬下去，哗，芥末辣直冲脑门，
两秒钟的真空，好刺激喔，完全是高峰体
验。"阿进憧憬地望到对面小店。

　　朋朋咽着唾沫，"不行不行我馋死了，
现在就去寿司店！"

　　阿进阻止："这三盒饭怎么办？扔了

多可惜，灾区一家人可吃好几天呢！"

"你打包给灾区人民寄去吧！"朋朋起身欲走。

阿杜犹豫不决，"经理在向薛兰倒苦水，说不定还在抹眼泪，我们闯进去多尴尬……"

"我不管，饭店本来就是公共场所，在那里说话就应该做好碰上熟人的准备。"寿司是非吃不可了，对于朋朋这样的女孩，即时片刻的渴望比起遥远的心愿更具有动力，只怕连这样的渴望也会越来越少。

他们仨鬼鬼祟祟推开寿司店，里面幽暗，一时也没有看到经理和薛兰，三人大呼小叫了一番，"他们一定换地方了！""经理早就防到你们可能去听壁角。""男人到了中年就要向年轻女人吐苦水吗？"

然后便安静下来，各人在移动的传送带上忙着拿自己中意的饭团，一会儿工夫桌上的空碟便叠了尺把高，却听见阿进窒息一样闷声喊道，"看，看，他们在那里呢！"三人本能地缩起身体低下头转过脸，只见经理和薛兰坐在门旁边的角落，令他们吃惊的是，薛兰在抹眼泪。

\* \* \* \*

今天阿进坐进车子，发现车里只有电台男主持自说自话的声音，让人奇怪为什么大清老早就有这么啰嗦的男人，阿进也是个啰里啰嗦的男人，只是自己不知道自己的毛病罢了。

阿进回头看去，三女中两女闭着眼在打瞌睡，剩下薛兰头抵在窗玻璃上望野眼，一对瞳孔大大地睁着，这才发现薛兰的瞳孔是褐色的，事实上，真正的黑色瞳孔是罕见的，黑色到底是一种什么颜色呢？不如说是一种感觉，比方说在进入梦乡的瞬间，什么都看不见的瞬间，是一天或一生中某一个瞬间。

阿进问道，"昨晚去哪里玩到这么累？"但是没人回答，阿进便去打量她们，发现她们已化好了妆，抑或是昨晚的残妆？因为她们还穿着昨天的衣服，阿进疑惑起来，她们可不是那一路喜欢夜生活的女孩，洁身自好，岂止是洁身自好，简直是自恋狂，瞧瞧她们把大半薪水送进健身房，再贵的化妆品也敢买，事实上二十四、五岁的她们，还是果子尚未脱离青涩的时期，就提前为将来的衰败投资了？

"昨天的'蔷薇花'让我笑个不停……"

"阿进的笑不值钱，不好笑的事也笑，无聊……"朋朋打了一个长长的呵欠，"眼睛酸得要命，熬夜这种事不能经常做，眼袋立刻出来了……"朋朋照着镜子，很后悔的样子。

"你们熬夜了！没有回过家？"

"刚回到家又被薛兰叫出来喝酒……"

"真的吗？薛兰会有这么好的兴致！"阿进很吃惊，回头去看辞兰，她朝他微微一笑，竟让阿进有些不安。

"半夜三更被薛兰叫出来，说是要感受夜晚喝酒的感觉，"朋朋闭着眼睛，"听起来是要一起感受恋爱或者失恋，我心里还感动了一阵……"

"以为薛兰有什么心事要说，进了酒吧见三个小男生在打牌，这种时候朋朋牌瘾上来，也不讲感觉了，和他们一起打，后来我们三对三打大怪路子，赢了一千分，这么过瘾的事倒也不是夜夜能碰到。"阿杜呵欠连连，泪水把眼影化开，一双美目立刻邋遢成一对熊猫眼。阿进朝她指指自己的眼睛，阿杜便拿出化妆盒。

"你们半夜三更打牌喝酒也没想到来叫我。"阿进看着阿杜补妆责备道。

"为什么要叫你？我们三个女人本来是要享受一下同性相惜的感觉。"朋朋不无遗憾，"可是呢，一场牌局把所有的感觉都消灭了。"

"喔，同性相惜，我可真是羡慕你们呢！"勿宁说是失落，但熬夜后的她们困顿不已，没人理阿进。

一直没有做声的薛兰突然问道，"阿进，把昨天那个蔷薇花说来听听。"阿进不响，总之，情绪没有调整过来，朋朋敲敲他，"好吧，要是好笑，就说出来听听！"恩赐的口吻，想象中朋朋也是以这样的姿态和她的男友敲定关系，"好吧，去登记吧。"是因为漂亮女人总觉得自己是在退而求其次地过日子？

"有个年轻女人……"阿进一上来喜欢有个停顿，是热衷讲故事的人自作聪明地设置悬念，"把一只哈巴狗带进了舞厅，这时候，舞厅里在放施特劳斯的圆舞曲，这个女人呢，就把她的哈巴狗带进舞池，然后呢，就握住狗的一对前爪跳起了快三步，蓬嚓嚓……蓬嚓嚓……""蓬嚓嚓"在车厢里孤寂地响着，没有笑声应和，竟有几分自生自灭的悲伤。朋朋和阿杜已在他的停顿中打盹，薛兰脸望着窗外，安慰性地在脸上拟了一个笑容，阿进张张嘴又闭住了，心犹不甘地转回头，在车水马龙的早晨你却消沉地自问，这个白天如何打发？阿进此时此刻就是这样的心情。

出租车还未到路口就停了下来，大家并不抱怨，停停开开的节奏是每天躲不掉的磨练，生活在大城市让神经麻木的首先是城市的交通，所以他们四人坐进车里便有一股把自己命运交出去的不闻不问的怠倦，可这一次煞车时，朋朋却要司机让她下车，说要到对马路的小超市买东西。司机为难了，问道，"一定要现在买吗？这条马路是不能随便停车的。"其他三人都打起精神看着她，朋朋虽然伶牙俐齿，这一次却像尿急一样说不出话来，只一个劲地跺着脚，要司机停车。

车子跟着车流缓缓地流过路口，司机把头伸出窗外将四处侦看一遍，才答应把车停下，"你赶快过去，跑着过去，我只能停一两分钟，现在好像没有警察。"

朋朋发愁地朝窗外看去，"这么一来要过两条马路，车子又多，一两分钟怎么够？"

"让阿进去吧！"阿杜推一把阿进，"阿进过马路最酷啦，又敏捷又有速度……"阿进立刻打开车门一边难以置信地问道，"真的，我也有酷的时候？"朋朋却捂住嘴窃笑的样子，"你还不知道我要买什么！"

"买什么嘛？"阿进和阿杜歌咏一般地问道，那样子很振奋，薛兰好笑地看着她们，原本黯淡的表情明亮起来。

只见朋朋在阿杜的耳边嘀咕，阿杜便扬起声音，"护舒宝怎么啦，阿进为什么不能买？"转向阿进，"知道吗阿进？护舒宝，那种妇女用品……"

"谁不知道啊，家喻户晓呢，'转身也不怕顾此失彼了。'"阿进拿腔拿调地来了一句护舒宝的广告词，众人大笑。

司机的头还在窗外，东张西望焦虑地催促着，等着警察突然在他面前冒出来，手里举着罚单。

阿进只是在这一刻——在车水马龙中置生命不顾地穿行——特别有男子气，三女兴奋地目睹阿进的冒险，看着他进了超市，但见朋朋阿杜笑得这般开心，薛兰道，"我们是不是很不像话，买护舒宝也要差遣阿进，不管怎么样，人家还是个未婚青年……"

"未婚青年？啧啧啧，免了吧……"朋朋像牙痛一样嘴角丝丝抽着冷气，"拜托了薛兰，什么未婚啦、青年啦……听起来像在婚姻介绍所……"

"可是阿进作为男人……"

"拜托了，不要把阿进称为男人好不好？"

"难道把他当作女人？"阿杜惊问。

"当然不，在我看来，他没有性别，我们也是，互相变成中性，你们没有这种感觉吗？"

"没错，中性，"阿杜咀嚼着这个语词就像咀嚼饭团，"你这一说我才发现阿进对我们来说是中性的，"又笑起来，"不过，中性是很清洁的感觉呢。"

"与其被猥亵的男人性骚扰，还不如和阿进这样的人在一起，他是比男人感觉还要良好的男人，甚至比我们女人还懂得怜惜女人。"薛兰突然说出这么一段拗口的话，让两位女伴又咀嚼了几秒钟。

"弯来弯去像说绕口令，你的意思是阿进虽然中性，但比那种真正的男人更体贴女人？"朋朋问道，阿杜却朝她笑。

"是啊，幸亏有个体贴人的阿进，看你刚才的样子，就像毒瘾上来似的，也不明白，怎么对自己的日子没有准备？"

"我的日子本来很准，现在乱了，大概是心里有点乱。"半真半假。

阿进把护舒宝交给朋朋，又引来一场愉快的欢笑，但他看到薛兰的笑意只停留了几秒钟便倏然而去，如同一片光影掠过，她那平淡的五官仿佛，仿佛在被噬咬，从完整变成残缺。

这时司机的头缩回车厢，发动引擎，一边问道，"到底要买什么，这么着急？"听到的是一片笑声，司机就有些不快，不明白她们在玩什么把戏，还感到不公平，凭什么要他一个人担惊受怕？

\*　　\*　　\*　　\*

电梯间，阿进注意到，和在例假中的朋朋比起来，薛兰的脸更像在被例假摧残。阿进对例假这类事并不陌生，他是体育课代表，对女生有规律的请假这件事他做过调查，但让他感同身受的那一次，是在田径队，他曾亲眼见一名女生因大量失血昏倒在地，猩红的血湿了她的运动裤，令人厌恶的血呵！

是的，那段时间他很厌恶女生，为了她们那些例假。在例假中的她们，生命的基调变了，转向晦暗、残缺，她们丰润的活力正从身体的那个缺口汩汩流走，然后，又重新明亮，在缺口关闭之后。女人很美，但她们的新陈代谢却是有血腥味的。整个青春期，那血腥味像棉絮状的尘埃在阿进的鼻翼旁丝丝拂动，回想起来青春期是因之而漫长艰辛？

可是今天，就是几分钟前，因为例假，让他和这些女孩子快乐地融合在一起，就好像：原以为异性之间隔着一堵墙，这才发现只是一扇门，只要打开，来来往往就很流畅，阿进的胃暖乎乎的，就像喝了一杯巧克力，那是他做中学生时最喜欢的热饮。

然而，薛兰的脸为何给他残缺的感觉？

薛兰照样先给经理送咖啡，然后给大家分送，她的表情有点像做一桩慈善事业，好像他们都是难民，她在分发救济粮，脸上有一种习以为性的责任感。只有阿进在关注她的表情，他突然对他们心安理得接受薛兰的服务产生了愤怒，归根结底是对薛兰本人愤怒，他不明白她为什么要如此忘我，或者说为什么要弃自己的心情不顾而去迎合众人，这些心里只有"我"容不下别人的男男女女？

这天午餐，一开始并没有人打扰薛兰，阿进让三女坐在位子上，来回两次领了四盒饭，然后坐到薛兰边上，阿进突然觉得心里很踏实，就像家里的姐妹群都到齐了，挤在姐妹群里过日子，很嘈杂也很安全。阿进是独养儿子，母亲早逝，四个姐姐轮流把他领大，待他工作时最小的一个也出嫁。女人堆里长大的阿进这一刻觉得很安稳，嘴里唠叨着："薛兰你慢慢吃，吃一顿太平饭，没有人烦你了。"

"烦的是你，'慢慢吃呀，慢慢吃呀！'哎呀呀，活像个老太婆，"朋朋学着阿进的语调，"'慢慢吃呀，慢慢吃呀！'有什么好吃的，这种盒饭？又多又滥，把胃袋都撑大了，就好像吃饭就是为了饱肚子！"

"那当然，难道还有其他功能？"阿进奇怪地看着朋朋。

朋朋不响，她也奇怪自己为何一到午餐时间便烦躁不已。男友的公司餐一定吃得心平气和，男友其实变成了未婚夫，每晚在租来的公寓，唯一的话题是房子，报纸上剪下的房型图铺满了桌子，甚至床上、椅上和地板上都会飞起这一片片泛黄的再生纸，不同层次的人生都在这些用黑线勾出的房型图里了，包括你可能一辈子不可企及的豪宅和它点燃起来的欲望，可两人之间不再拥抱亲热，那种急不可待的热情突然之间消失了，好像是从房型图上那些看不见的管道里流走了，等意识到的时候，频道已经转换，恋爱成了片刻前或者说是遥远的回忆。怎样描绘这种感觉呢？毫无预感地，人生的路线突然变了！

朋朋情绪急速下沉的时候，薛兰已被人拉到旁边桌上，那个说话阴阳怪气的男士，现在在饭桌上对着薛兰滔滔不绝。

阿进今天不知怎么脑子一热，竟上前把薛兰拉回来，"拜托，今天薛兰身体不好，"不觉间竟用上朋朋的口吻，"拜托，不要烦她好不好？"

朋朋于是笑开脸，立刻亢奋，并鼓掌，"加油，阿进！"阿杜跟着起哄，薛兰也笑，有什么可笑的？但她很想学她的女伴，在生活中处处为自己找乐子。这个多雨的初春，阴暗、潮湿、泥泞，心里的气候和自然同步，然而这个时代，笑比哭更受人欢迎，不管是在自己租来的家还是公司，她所有的努力仅仅是因为害怕孤单？

就在薛兰亮着一脸笑出神时，没料到那男士竟一步上前抓住阿进的衣领。

"我们办公室的男人很讨厌你，知道不知道？"

阿进的脸涨得通红，"君子动口不动手。"

"不敢打架的男人，还想追女人！"

那人很有优越感地松开阿进的衣领，顺势把阿进一推，阿进朝后踉跄两步撞上饭桌，瞬时汤汤水水洒了一桌，阿进就势坐到座位上，一脸的畏惧，从童年少年带过来的畏惧，即便成年也无法克制的对暴力的畏惧。

　　进攻和退缩其实都是一刹那的，那男士已回到他的桌子，薛兰坐回阿进身边，但四人的空间感不对了，有种被乌云遮住的感觉，黑漆漆的闷不透风，无论如何，阿进的退缩把这个小圈子弄得意兴阑珊。突然，薛兰放下筷子，走到阿进的对手面前说："打架和追女人是两码事，没有因果关系！"

　　与其是话语不如说是薛兰气冲冲的样子，把她阴阳怪气的男同事吓得一愣一愣，待她回到桌旁，朋朋"喔，喔，"一个劲地惊叹着，夸张地叹气，阿杜指指邻桌，"对这些男人来说，你的天使形象算破灭了！"

"我那样子很凶吗？"薛兰问道。

空气流动了，或者说，老频道又打开了，朋朋和阿杜重新开始她们的乐子，一遍一遍地学着薛兰刚才那句话，很有一种对老朋友刮目相看的感觉，尽管阿进脸有愧色但照样把一盒饭菜收拾得干干净净。

往后几天办公室便有了集中性话题，就薛兰那句话，众人七嘴八舌讨论了好几天，得出的结论是，真正打过架的男人很少，而追女人并把女人追到手的男人好像更少，也就是说，大部分男人既不打架也不追女人，这个结论让办公室的男男女女有几分沮丧。

"追和被追的时代已经结束，现在的男人就像超市货架上的货物，你们女人就像提着塑料篮子的顾客，这样那样，丢下又拿起，完全没有原则，只根据自己当时的心情，可女人的心情跟黄梅天一样，阴雨到多云到晴，变化快得很呢……"经理忍不住走出他的半封闭空间，和老婆的紧张关系，使经理对女人充满怨恨，也因此使他比平日有趣。"而且女人有三八节，我们男人有什么呢？"

男男女女都笑，无比快乐，和经理比起来他们都太年轻，男女立场不是他们唯一的立场，更没有必要去坚持一种立场。

只有两个人不参与讨论，一个便是阿进，只要他打开电脑，就进入那种不由自主完全真空的状态，头脑像被置换了，徒留一架只具形式的身体。而他面前这块本来是幽深冷漠的有机材料的荧屏，随着机器接通电源时的噪音即刻活力充盈，几乎可用丰满这个词，就它在功能方面展示的无限可能性和令人着迷的程度。此刻的阿进，边上人无论怎么聒噪，都可以听而不闻。

"男人差劲女人才会索然无味，"朋朋的断言眼看又要引来争论。

阿杜却话锋一转，"我发现，阿进这样的男人对于我们女人很重要，只有他对我们不计利害得失。"

"我找到了阿进的Niche……"朋朋醒悟地拍着掌喊起来,"Niche……Niche……"咏叹一般走到阿进面前,"我找到了呀,你的利基是:你是个男人,却能站在女性的立场,在紧要关头,给女性提供人道援助!"众人欢笑中,朋朋却镇定自若,仿佛在做一份企划报告,"我看,阿进可以在网上开个店铺,对了,不是有网络妈咪?阿进,你就做网络爹地,男人需要异性安慰,女人也有这个需要……"

轰轰的笑声盖住了朋朋的话语,阿进却是一脸惊讶,女人的异想天开让他头晕目眩。

"好了,你的网站可以成立,专业形象是'红粉的知己',假如说我们的薛兰称得上红粉知己,那么,阿进便是我们女人的知己。"阿杜接话,可以说,她和朋朋是生活中的相声搭档,无论何时都能一唱一和，默契的程度令人羡慕。

现在朋朋一掌遮住阿进的电脑屏幕，把他扯回现实，"所以阿进，这意味着你有资格成为SOHO族，就是说，你终于可以穿着汗衫马夹拖鞋或者打赤膊赤脚在家上班，抽烟喝酒随便你啦，不刷牙也没有关系，总之不用仰人鼻息……"

"难道说在网上和女人说说话，就能拿到钱？"有人在问，阿进听到有收入马上进入振奋状态。

"只要是个热门网站，就会有广告进来，而且不仅仅是说话，重要时刻，阿进要走出家门，亲临现场。"

"比方说……"人们询问地看住朋朋。

"我最怕打架什么的！"阿进赶紧声明。

"不会有这种血腥场面，除了民工，城里人都是以标榜自己是文明人为荣。"朋朋狠狠看一眼揪过阿进衣领的男人，"必要时你不得不亲临现场，做某女的陪伴者……"

阿杜从容不迫地接上去，"比方说某女是第三者，对于她，周末和节假日是最黑暗的，因为她那个有妇之夫的情人在这种日子是要回家的，这种时刻，如果是个Ａ型女孩，恰恰又是个阴雨天，也许她的情绪会消沉到冰点，她难免会有轻生念头。如果旁边有人陪伴，陪她逛马路购物，或者坐坐咖啡室聊天，有时候干脆去菜场买菜回家做饭，对了，一起买菜做饭才有家的感觉，哪怕给她一个虚幻的家也好，所以这个人应该是异性。"

阿杜不由地叹了一气，她的叙述如此具体，人们便有了某种联想，注视她的目光有着窥见隐私的窃喜，但阿杜旁若无人，完全沉浸在自己描绘的情景中。

朋朋再作补充，"而且这个异性对女人又不构成威胁，我是指，他绝不会对她有性骚扰行为，这一点至关重要，假如让被援助的女人看出他的不良企图，这单生意的信誉便毁了。"

"同时这男人在外貌上是那种清秀型的，让女人对他产生亲近感，是的，女人对于干净温和的形象比较容易认同。"阿杜说。

"有了阿进的网站，才是网上处处有温情哪！"朋朋夸张地吸气，感慨万千，你从来没法确认办公室话语的真实度。

阿杜朝阿进伸出两根手指，"祝贺你呀，阿进，你终于可以挤进本世纪末自由职业者的队伍。"

"喔……"有人感叹，"听起来，这样的女人还是有一定的概率，阿进不愁没有客源。"

"而且是如此温柔的生意，阿进啊，这一次我们是真的嫉妒你！"

阿进张了张嘴，想说什么，有一种面对客源时跃动的紧张和兴奋，就这一点跟其他男人比起来，不善掩饰的阿进更像个少年。

"不仅仅是陪失意的人，对于女人，一生中有的是尴尬的时刻，"朋朋和阿杜交换心领神会的目光，"比方今天早晨……"

今天早晨怎么啦？见人们又竖起耳朵，朋朋诡谲地一笑，"这是打比方，比方某女需要保险套，可她不好意思去药房买……"

笑声和尖叫声，有男人吹起了口哨，集体进入亢奋状的时候，才发现原先的人们是多么假模假式、死气沉沉，朋朋对自己造就的效果很满意。

有男人问，"难道现在有女用保险套？"

"笨啊，当然是男用，问题是有些男人经常故意忘记带这样东西，可女人怎么能忘记？尤其她还未婚，所以这种时刻，只能求助阿进服务——速递保险套。"

能够想象办公室的喧闹程度，经理又一次走出他的合成板门，这一次面色不悦，"总不见得把办公室改成酒吧吧？"

书生出身的经理早就后悔当初的宽容政策，说什么营造有人情的办公室气氛，到头来失去的是自己的权威，现在却又无法真正的声严色厉起来，那样一来倒把自己变成了小丑。

不过，办公室的声音倒是憋回了喉咙，一张张脸却笑得恶形恶状。

一声低沉的问询："请教朋朋，某女做爱时发现对方忘了带套子，这种时候她还有……还有心境打开电脑寻找所谓的人道援助？"

笑声上扬又立刻憋回。

"我想，他们之间已经有过生意上的来往，之前在网上一来一去交流多次，没有足够的信任，怎么会差遣一个陌生男人帮这样的忙？所以她完全有可能直接给阿进打电话。"朋朋不理他们唧唧咕咕不怀好意的笑，"事实上，阿进你再也不能随便离开自己家，从建立网站开始，你将没有自己的业余时间。"

阿进半张着嘴，是面对梦想即刻成真时不知所措的表情？

＊　　＊　　＊　　＊

将薛兰的话议论来议论去，又引发出后面颇有暴露隐私或者说是有想象力的讨论，这种时刻薛兰却不在场。突然拿了十天休假消失了，就在阿进被人揪领带的次日，之前也没有透露过休假的打算，无论如何，这行为有点任性，有点不是薛兰所为，或者说于她是一种出轨。

也许这仅仅是阿进一个人在忧虑，因为他惊讶地发现，人们对薛兰的突然消失这件事似乎很漠视，他们顶多不痛不痒地说一句：现在可不是休假的好时候。

抑或，这就是所谓公司宽松的人际关系？

的确，不是好时光。正是三月走向四月的日子，阴云、乱雨、寒冷而潮湿，一年中这个季节最让人心烦意乱，高速公路上常有交通事故，然后才明白已经是清明了。上两辈的人说，清明时节雨纷纷，意指伤心人的泪。还以为这个时代，人们的视线里都是广告上的时尚，谁还想得起那些遥远的却还留着人性体温的传说？可新闻里有扫墓人使交通不畅通这样的报道。现在的说法是，前人的坟地风水关系到后代的发达或没落，所以，现在的清明铺张了？人们纷纷开着私家车上坟，造成高速公路上车辆排队。是的，这种时候，天气不好，交通也不畅，除了扫墓谁肯出远门？谁肯用这样的季节度假？

在上班拼车的路上，阿进这样问道。那一对搭档回答得轻描淡写。

"有什么关系，休假不一定非要出门。"

"想休就休，难道还要去翻日历？"

阿进很想告诉她们，他曾给薛兰电话，当然，只有录音，就好像薛兰已经去了天涯海角，也许再也不会回来？辞职了，去

她所中意的地方发展？身边的同事不就是
这样来来去去？从休假开始，然后消失
了，应该上班的日子不再出现。办公室的
人互相说，走了走了……不再议论，哪怕
说一下坏话也好，但没有，这使阿进更加
惆怅。

没有久留之地，也没有久留之人，然
而，要是薛兰离去，阿进的感觉会强烈得
多，每天看见她，他便安心，因为无论何
时，他都可以把自己的苦恼告诉她。

是的，这个世界上只要有个人肯倾听
你的苦恼，就不会那么寂寞了。

"你们没有和薛兰联系吗？"阿进小
心翼翼地问道，他晓得她们会骂他。

果然。

"干什么要和她联系，休假就是为了
完全拥有自己的时间，谁也不希望被打
扰。阿进，这是你必须明白的道理，否则，
人家会把你当成老土一个。"朋朋教训阿
进，四人中他最晚进公司，便常要被她们

告诫。

"但你们是她的好朋友，打电话问候她也谈不上干扰……"

"但首先是同事，只要在一起上班，都不希望下班后还有联系。""你没听说薛兰的男朋友最讨厌我们这种穿套装上班的女人？"阿杜道，"电话要是接在他手里，准没好气，让女人养活的男人永远不会感激女人，薛兰什么时候才能明白这些常识？"

"也不是不明白，我看她是明白的，有什么用呢？理智是一回事，本能又是一回事，她是Ｂ型，本能强大过理智的一类。"朋朋认为。

"可看上去比我们都理智，像Ｏ型。"

"我觉得她像Ａ型，一往情深得很，真讨厌。"

一对搭档互相问答，没有阿进插嘴的份，可他的心倒是落到原来的位置，总算听到了对薛兰的指责，这就是说，薛兰还存在。比起背后的互相指责，阿进更害怕彼此的不闻不问。要是，办公室的人早晨不再想到咖啡，午间，男士平静地端着铝盒套餐，哪里有空位就一屁股坐下，匆匆忙忙将一盒东西倒下完事，从此薛兰就像没有存在过，要是这样的话，是不是太寂寞了，就存在本身来说？

车窗外挤得铺铺满满的高楼，蹒跚而行的车列像一条慢慢蠕动的肠子躺在狭窄的腹腔，却被路灯截成一段段，所有的满和塞都是因为人，人就像沙子，无孔不漏地泻满了所有可以盛沙的器皿：楼宇、车子、街道，你挤在其间却又无比空虚，无数的人，却又好像没有人，无数的器皿和器皿里的东西，却又好像一无所有，这是城市在瞬间给你的感触。

这个早晨，阿进从出租车上下来的时候，失去了往日的劲头，朋朋和阿杜不得不抱怨着冲到前面去拿考勤卡。上班时，朋朋给阿进发了一份 E-mail：

"我看你心思不定，是不是恋爱了？在追求薛兰？"

阿进："不可能！"

朋朋："什么叫'不可能？'"

阿进："薛兰有男朋友。"

朋朋："现在是公平竞争时代，只要她没结婚，你照样可以追。"

阿进："我不会。"

朋朋："为什么？"

阿进不回答。

午间，朋朋坐在阿进边上不满地推推他，"阿进，你不老实噢！"

阿杜说："要是阿进不老实，世界上就没有老实男人了！"

朋朋捂着嘴笑，但阿进的脸色使她把想要说的话咽了下去。这天中午，她们三人的小圈子竟有些寂寂然。

那天深夜，阿进给薛兰发了一份 E-mail，第一份。

阿进只习惯跟见不到脸的任何人谈

话，那是另一种和世界沟通的方式，是真正的沟通方式，却也更加虚无，没有肉体的介入——气息、体温、任何称为物质的质感，只有稍纵即逝的、没法握住的时间感，而交谈只是一种过程，在这个过程中，阿进内心的背景是一片空旷的宇宙，是那种更加辽阔的悲哀的感觉。

向薛兰发邮件却给阿进一种切肤的亲近意识。

"你好，薛兰：　没有特别的事，只是想问候你，因为你的突然休假，我觉得毫无心理准备。也许这样说是不妥当的，按照阿杜她们说法，休假是你的私生活范围，用不着旁人有什么心理准备，可是，天天一起上班，突然不见了你，竟有点不放心。希望你一切顺利！"

难道她有什么不顺利，阿进自问，觉得自己完全是庸人自扰，还有点干扰别人，然而阿进还是把鼠标指向他的下意识。

＊　　＊　　＊　　＊

"阿进，今晚有空吗，能不能来陪我喝酒？我在'好丽'。"

是在一星期后的晚上，晚归的阿进临睡前习惯性地将电子信箱打开，那时有十点多，却收到薛兰的信息，是八点钟发的信。阿进重新换上出门衣服，有点手忙脚乱，预感得到了证实，可他还是意外之极。

阿进甚至没有发现拂过脸颊的风已经柔软，春天正在到来，然而，人生并没有因此轻歌曼舞起来，是的，阿进能听到自己的心脏怦怦跳动，血管收缩不是因为兴奋，他正走向需要援助的女子，的确如此，阿进觉得责任扛在肩上的沉重，踩着路灯光投射在地上的梧桐细叶的影子，阿进已经感受到薛兰的孤独无援。

"好丽"是个带花园的酒吧，花园里有草坪，水泥城市微弱的浪漫，也是珍贵的浪漫，所以"好丽"总是生意兴隆？此刻花园一顶顶遮阳伞下已坐满人，草坪像一池绿色的水，愉悦着客人的眼睛，那一双双干涩的城市人的眼睛啊！

酒吧深处爱尔兰歌手在吟唱，他的同乡们举着酒杯微微摇摆着身体把吧台前挤得十分热闹，让推门进来的阿进觉得自己一不小心流落到了他乡，才想起今晚是周末，还想起这个酒吧的老板是爱尔兰人。

阿进一眼就看到了薛兰，她独守着一张桌子，喧闹中凸现着的寂寥，待阿进坐下来才突然明白薛兰何以选择"好丽"，这里的人群和噪声恰恰像一堵墙，将寂寞的女人守护在墙内，看起来，薛兰不止一晚在这里度过。

薛兰为阿进要了一大杯黑啤，她自己所谓的"酒"只是一杯矿泉水，可她发红的两颊和鼻梁似有醉意，比起两个礼拜前的苍白，现在薛兰有一股紧张和兴奋合成的活力。

阿进这个看上去娘娘腔的男人却有酒量，一口气将啤酒喝了大半，"好味啊！"阿进赞叹，"又稠又软，像牛奶一样醇厚，胃好像被吸进去了，惬意哟！"薛兰笑了，又要来一大杯，"喝吧，阿进，好味需要知己。"贴心贴肺的鼓励，阿进的眼睛有些湿润，一时产生错觉，就好像是薛兰来陪自己喝酒。

"你为什么不喝？"

"真想喝，可是……"转动着手里的杯子，自顾自地一笑，"这里的黑啤全上海第一，有一段时间我经常和他来这里，他也喜欢啤酒……"没有说下去，阿进也不敢接话，两人沉默了一会，阿进说：

"我以为你和男朋友去哪个风景地度假。"

薛兰点点头，"是去了外地，但不是看风景，今天才回来，看见你的E-mail。"感激地一笑，"阿进是很体贴的朋友。"

阿进也笑，很满足，所有的牵挂都得

到了回报。

仔细打量薛兰，并没有风尘仆仆的痕迹，平时的套装换了牛仔裤和棉布衬衫，女孩的味道更足一些。"早晨回来，洗过澡睡了一觉，看不出我已经去过很远的地方？"摇着头仿佛在否定什么，"真够远的，阿进，去了新疆呢！看，脸和鼻子晒得通红，戴了帽子还晒成这样，是沙漠的阳光啊，回到上海才晓得，这里的阳光是很伪劣的，已经没有太阳的力量了。所以新疆才有那么甜的葡萄，喜欢好味的阿进应该去那里，品尝真正的水果和酒，可惜！……"

阿进放下酒杯等着她说下去，她微微笑着，这样的笑容就足以让阿进体会薛兰对于痛苦的自制力。

"不是去玩，是去和他告别，阿进，我和男朋友分手了，彻底分，在新疆我做了他们的证婚人，所以即便他再来找我，也已经是婚后的人了。"

出乎意料的率直，阿进只能慌张以对，虽然间接地听说她和恋人曲曲折折的感情，但从来没有和薛兰讨论过，在公司，任何人的恋情都可以拿来作为开玩笑的话题，唯独薛兰，人们好像知道，这是她的一块碰不得的伤口。

阿进蠕动着嘴，前前后后的关系都没有搞清，阿进连劝慰的资格都不够，但是薛兰并不需要他说话。

"他在我这儿住了几年，吵吵好好，每次离开，都是我把他追回来，我不能想象没有他的生活……"戛然而止。

"听说他是个艺术家？"阿进明知故问，想要过渡这段尴尬。

"他要不是该多好！我现在才知道……"她转动着手里的杯子，对着杯里残存的半杯水就像对着渺远无际的沙漠，没有焦点的视线，苍茫的目光，"阿进，他的艺术我不懂，其实，他也不是什么艺术家，但他想成为艺术家，所以他在为他的梦想努力，你懂我的意思吗，阿进？我本

来是个平庸的人，没有理想，也没有才能，可是
自从接近他以后，我自己的生活也变得有点光彩
了，我是通过他在创造一个有梦的人生啊……"
深深地吸了一口气，"这种感觉真好！可是我也
因此受尽折磨，他的自私和冷酷也是阿进你这样
善良的人难以想象的。"顿一顿，加快语速，"这
一次他认识了一个德国女人，有钱，比他年长十
岁，他认为找到了捷径，实现梦想的捷径，去欧
洲，去那些博物馆，去接近他向往的所有的大师，
并且，不用再为生存操心……"

"恕我直言，薛兰，他的道德水准很低，
他的所谓艺术追求只是给他自己的卑劣寻找
借口……"

"他不讲道德，他就是这样讲的： 艺
术家从来没有道德感。阿进，我怎么会碰
上这种人呢？可…这也是真的，他的确比
我周围、至少是比我们公司任何一位男士
更有光彩……"

薛兰突然捂住嘴，泪如雨下。

爱尔兰民歌是酒吧噪声中最持久的声

音，并且能闻到炸土豆条和鸡翅膀的油味，厨房的门是敞开的，进进出出的服务生举止有些放肆，只能说是供不应求的局面造成，为何餐饮业的老板最急功近利？屋内闷起来，不是郁闷，而是响亮的热气腾腾的闷热，酒精燃烧起来的高温，身体粗壮面孔红通通的爱尔兰人在流汗号叫手舞足蹈。除了阿进，谁会发现有个女孩在哭泣？是的，你是否在公共场所见过这样不加掩饰的哀伤，为了爱的结束，也是，青春的结束？

阿进只能消极地等着薛兰安静下来，至少他看到她在哭，比起在公司温良恭俭让的形象，现在的薛兰更真实，然而面对一颗真实的心灵，除了张皇失措也不会有更令人满意的表现，阿进恨自己的愚笨。

后来他们又去了公司附近的那家日式餐店，哭过之后的薛兰变得明朗，说想吃宵夜，阿进带她兜了一圈走了不少路，不知不觉便来到常常光顾的店，这里通宵服务，想起那次，三人鬼鬼祟祟进店狼吞虎咽寿司，猛一抬头见到薛兰在流泪。但此刻，薛兰已雨过天晴，"谢谢你，阿进，跟你说了这么多，心里好过多了，是的，从来没有和人家说这么多。"

料理店似乎比白天更明亮，密集但柔和的灯光从天花板顶均匀地洒下来，就像一间朝南的阳光屋，几乎没有称得上角落的幽暗段落，一种在城市夜晚很少见的清晰和洁净。没人抽烟，也几乎，没人说话。这异乎寻常的安静在一瞬间让推门进入的阿进和薛兰暗暗吃了一惊。

围着长圆形的传送带，稀稀落落坐着几对男女，一看就是那种稳定的关系——已婚，或者像朋朋那样已一脚跨上婚姻的门槛，彼此有点心不在焉，看见新客人便都抬起头，然后把目光又落到传送带上缓缓流过的风味各异的寿司，没有食欲的目光，也没有情欲，只是为了共同享受宁静，享受饭团从面前流过时注视着它们的宁静。

其中有一对已经不年轻了，也只有这一对最不像夫妻，穿着随意却是名牌，很像那类十年前涌向东京的打工族。你看他们，凝望对方，轻轻说着话，夹起寿司笑了，突然，目光里都是缅怀，寿司里有共同的过往——东京小屋相濡以沫的夜晚？那些年轻岁月，泪水却酸楚，变成回忆，就成了一生中最刻骨铭心的日子？

阿进和薛兰各要了一碗乌冬面，罩着锡纸的盆上托着小号陶制砂锅，砂锅在火里烤得灼人，放在你面前，冰凉的脸立刻被罩进热云中，肥硕的乌冬面上堆着五色海鲜和蔬菜，虾红蛋黄菜绿，这就是日本的文化，处处赏心悦目，精致中透着家常体贴，可这样的文化难道不是从寂寞的人群里滋生出来？

是阿进的感悟。

薛兰才吃了几口面便泪水盈眶，放下筷子便朝门外走，阿进去追她，就这样，一路跟着薛兰，在她哭泣的时候，阿进能做的，便是默默地陪伴在一边。

　　突然明白那天早晨她留给他的残缺感，她生命的部分被那个男朋友带走了，或者说，他还未离去的时候已经被吞噬了。

　　　　　＊　　　＊　　　＊　　　＊

　　本来把薛兰送到家门口，阿进就该转身回去，那时薛兰已再度平静下来。但薛兰问道，"阿进，想不想进来喝一杯咖啡？"阿进立刻腼腆地笑了，好像为这一刻等待了很久。

　　已经深夜两点，但毫无睡意，烫口的咖啡，令人快意的温度。无论哪一地咖啡，哪一种风味，研磨或速溶，蒸馏或现煮，温度第一重要，难道不是吗？温乎乎是什么感觉呢？庸常，无个性，不，确切的感觉是变质，有什么风味可言！

可要在这个城市喝到一杯烫口的咖啡竟是难乎其难。五星级酒店的咖啡吧，或者专营咖啡的小店，何其五花八门的咖啡，还冠以诸如"夏威夷情调"之类诱人的名称，却没有一杯烫口。这是否象征了现实的基本缺陷，不管它有多么眼花缭乱？曾有海外亲戚为了一杯烫咖啡而寻寻觅觅，也因此对这个城市的自以为是的品味产生怀疑，阿进作为本城的市民很难为情。而让阿进不解的是，为何人们在做过多努力的同时，总是疏忽最基本的要点？

阿进把他的感慨告诉薛兰，并非是毫无意义的废话，阿进是以他的方式在安慰薛兰，果然，薛兰笑了。

"阿进，有一件事想请你帮忙，"阿进正看表打算告别的时候，薛兰突然说道，"明天我要去医院，是…去做手术，我怀孕了，阿进，一个人去，好…孤单呀！"

阿进再一次吃惊地看住她，立刻又转

开视线，身体受到冲击的余波仍在嘴唇和四肢激荡，他坐下，用手去托住两腮。

"阿进，你不要紧张，什么都不用做，只是让你陪我到手术间门外，然后你等我，听说十几分钟就可以…结束！"

"他…知道吗？"

"知道怀孕的时候，我们已经在谈分手，所以我没有告诉他，他知道了…只会恨我……"

但是薛兰堕胎未成。只因医生对着阿进一声质问，"是头胎为什么要做掉？现在的年龄不生育，还要等到什么时候？"

薛兰立即抢过医生的话，"那…我不做手术了！"拉着阿进就走。

"对不起阿进，医生把你当作丈夫，我在病卡上写着'已婚'……"

"没关系，今天就是来当这个角色的，医生说什么都不重要……"

"医生说得对，现在不生育，还等到什么时候，也许我不会再…爱上什么人，我…还会跟谁生孩子呢？"

那时候他们已经走出医院大门，薛兰抬起脸对着天空深深地吸了口气，就像从窒息的暗室里逃脱出来，"去哪里好好吃一顿，我请你！"

眼看她情绪越来越好，直到她喜笑颜开，"没关系，如果是个男孩，我会陪他踢足球。"

"我也可以来陪他玩，我的协调性相当不错，就是说我相当能运动，看不出吧？"

"我都忘了，阿进跑过田径，说定了，是个男孩你当他的体育教练！"

阿进差一点哭出来。

去餐厅的路上，这一刻是真正的松弛，既然未来人生的某种可能性已经互相认同。他们两人走在朝南一边的街上，沐浴在阳光里，就像一对关系亲密的男女在共同享受假期，一缕缱绻萦绕在阿进的心中。

他们没有找到中意的餐厅，而是一起去了超市，鱼肉蔬菜买回家，一起做饭炒菜，厨房热闹起来，的确有了家的感觉，即便是虚幻的。可更有满足感的是阿进，想起朋朋关于 Niche 的建议，阿进暗暗思忖，也许陪伴失意的女子，不失为一份富于人道的职业？

这晚，阿进没有回家，而是住在薛兰家。也许不够称"家"，家应由两个以上的亲人组合，薛兰有个父母的家，但属于她自己的家，因为男友的离去而解体，这里只能称为她的住处。

一起做饭吃饭，虽然家的感觉是虚幻的，但一时间两人都忘了自己是单身一人的现实也是事实。所以，当夜晚更加深沉，阿进不得不站起身提出告别时，两人再次感到现实到来的冷冽。

当薛兰挽留阿进时，他竟答应，两人都没有感到有何不妥。

这是套一室一厅的房子，厅只有七、八平米，和房间之间有一扇不能上锁的玻璃拉门。薛兰拿出松田牌褥垫铺在客厅地板上，过去经常有朋友留在家过夜，当然多是男朋友的客人，细腻的薛兰特意为客人准备了优质褥垫，还有配套的被子枕头。

两人轮流用卫生间洗澡也没有感到尴尬，上床熄灯后还聊天，所以玻璃拉门便没有拉严。早晨，阿进起床时，薛兰已准备好早餐，她告诉他，"这是我从新疆回来后，最好的一次睡眠。不好意思啊，阿进，我已经不习惯一个人……一个人过夜，这么静的夜晚，任何声音都会让我心惊肉跳。"

阿进却没有睡好，陌生的空间是个原因，而且没有带睡衣，薛兰把男朋友的衣服借给他，虽然是洗干净的，但仍然留着衣服主人的体味，这是有洁癖的阿进不能忍受的。然而看到薛兰神清气爽，因为好睡眠而使自己焕然一新，阿进觉得自己小小的牺牲也并非是徒劳的。况且，解决了睡衣问题，昨晚对于他也几乎是完美的，他发现陪伴薛兰的同时，自己也不再感到空虚，这就是说，上床前，他不用到网上冲浪去获得某种满足的疲倦。

*　　*　　*　　*

然后星期一到来，薛兰假期结束。

这个早晨，三女在出租车后排重新相聚的喧闹，让阿进深深感受着过往的圆满，然而，对圆满的感觉往往是在缺憾已经到来的时候。

"看起来是去某个地方度蜜月了。"

"晒得这么黑，像个有钱人呢！"

"去了新疆！"

"嚯，真够远的，跟着艺术家还是挺不赖的……"

"甜蜜的旅行，两人关系又提升了吧？"

薛兰沉默，虽然只有几秒钟。

阿进的心"倏"地提起来，仿佛眼睁睁地看着船朝礁石上冲去，却无计可施，只剩一个默不作声的脊背。

"我的男朋友旅行结婚，我以他的家属身份做证婚人。"

轮到两女沉默。阿进庆幸自己坐在前座。

"怎么可能？说分就分……我和朋朋还以为……"

"我们的关系一直不稳定，其实，他早就想分手，只是我不肯放弃，这次我想通了，他既然找到了方向，何必去拦呢？"

"我想，那个女人很有钱？"

"阿杜一猜就猜到了？"

"还用猜吗，敢做敢为的就是他们这类人，哼，打着艺术招牌的男人，什么不敢做呢？普通的人会有罪恶感，他们连这种感觉都不会有，还以为自己很反叛呢！"阿杜生气时一张嘴就愈加锋利，几乎看得到亮着锋刃的白光，阿进想阻止，却脊背硬邦邦地动弹不了。

"好像，你比薛兰还了解这种人，也吃过亏？"朋朋问道。

"我？这么精怪的人会吗？不过，大学时的好朋友就差点死在这种人手里，薛兰，事到如今，我才可以这么说，这样的结果我已经想到了。"

"好吧，这种人滚蛋，薛兰也不会失去什么！"

"什么叫不会失去什么，还敢恋爱吗？对感情还有信念吗？朋朋，你乘的是一帆风顺的船，永远也不会晓得一刹那颠覆的滋味。"

"怎么知道我一帆风顺？我有我的问题，阿杜，你不要以为失恋就是你们的资本，和你们比起来，我可能更惨，我突然发现，自己这一辈子都没有轰轰烈烈地恋爱过！可我为什么要去领结婚证书呢？"倒是没想到这对搭档会唇枪舌剑，而话题的急转直下更是让阿进瞠目结舌。

这天下班后，他们四人去了"好丽"，四人很少下班后聚会，当然是为了薛兰的失恋，就算是一个小小的失恋派对，这是朋朋的创意，还说，"一切的'失去'都比'得到'更有诗意。"阿进再一次发现，她们远比他想象得复杂，也，更为敏感和丰富，远不是他以为的没心没肺。

她们一人一份爱尔兰风味的烩羊肉土豆，吃得十分后悔，味道不好，或者说不合中国胃，但饭后拿着饮料坐到花园，情绪又热烈起来。朋朋感叹道，"看起来，我真的应该再去谈一次恋爱，去遍上海的好地方。"阿杜又去打击她，"最平庸花前月下，你向往的所谓轰轰烈烈的恋爱，应该是磨难多于快乐。"去问薛兰，"是不是？把你的心弄得千疮百孔，痛得你想去死，才忘记不了！"

薛兰不响，却为她们叫来大杯啤酒，"到这儿就应该喝酒，说好了，今天我请客。"

"为什么？"

"ＡＡ制是我们聚会的原则。"

"今天我是主角，给我一点主角的感觉好不好？"不容拒绝的口吻，失恋令薛兰平添锋芒，两女暗暗吃惊。

"可是你为什么不喝酒？"

"想让我们三人皆醉你独醒？"

"暂时不喝,我的酒量应该比你们都好！"

"暂时不喝是什么意思？"

薛兰和阿进交换目光没有逃过朋朋，她指着阿进，"好像你比我们更了解薛兰？"阿进端起啤酒杯，杯子的体积足以遮住他的尴尬，但朋朋不放过他，"阿进，不要装傻，现在是你乘虚而入的时候……"

"在说什么，我听不懂！"提出抗议的是阿杜。

"你没看出阿进对薛兰一往情深？"

阿进的脸红起来。

"这种玩笑可不能乱开。"

"我不是开玩笑，我为你着急呢，喜

欢她就说出来嘛！"

"我……的确很……关心薛兰，但……不是你想象的那种感觉。"

三女惊异地对着阿进，"我……不会像……像一般男人……那样……对女人，每个人都有自己的难题，你们……还没有到理解我的年龄，你们……不会知道，年轻女孩对于我……更多的是压力！"眼前绿草的轻盈反衬着阿进的沉重。

她们去看草地上的星星，或是凝视着面前的啤酒杯里粉碎在深色液体里的白泡沫，第一次不敢直面阿进，包括薛兰。

良久的沉默以后，"阿进，你是不是同性恋呢？"朋朋认真的语气，现在轮到他们惊异地望着她。"你对女人没有欲望，是吗？不过，有什么关系呢？同性恋也是一种人生体验。"可朋朋口吻分明充满了同情。

阿杜和薛兰的沉默表明了同样的情绪。

"我不是同性恋！"阿进拿起啤酒杯看看又放下，说，"如果能让我选择，我宁愿自己是女性，所以我不会爱上男人。"

否定得斩钉截铁，三女如释重负。

"那么你的感情是属于哪一种类型？"

阿进没有直接回答朋朋，但也不回避她的目光，"我看过一本书，说到城市的现代化更适合女性的发展，男性的雄性激素在文明的进化中退化，两性之外，会有第三性出现，或者说，发展出一个没有性欲的人群……"

"那么，男女相处会有新的形式，对吗？"

"是更快乐还是更不快乐？"

想要安慰薛兰的聚会竟演变成如此艰深而不甚明晰的探讨，每个人都带着困惑互相告别，去哪里寻求指导呢？第一次，四人的空间，有了沉思的重量。

也许探询的目光才应该是你们面对世界的目光？

然而对于阿进，何曾只是个困惑？更是，只有他能感知的疼痛。

*　　*　　*　　*

有一天晚上，阿进收到薛兰的E-mail。

"我觉得房间里有飞翔的影子，是蝙蝠飞进来了？

以前，要是没关好纱窗，会有蝙蝠飞进来，我总是骇得尖叫。

它展开翅膀飞翔时，大，黑，还有一种盲目的速度，好像要把什么撞毁，我总是先看到墙上它飞翔的影子，然后才看到它。

我的男朋友把它称为阴暗的飞翔物。

他敢捉蝙蝠，在我的坚持下，他同意走到稍远的地方把它放了，这种时候，我会觉得，我的人生是离不开他了。

可他还是走了。

从新疆回来，我每天必须做的一件事，检查纱窗是否关好了？

要是蝙蝠飞进来怎么办？每天都在惊恐中。

今晚，我又看到了飞翔的影子，可没有看到蝙蝠，我觉得它一定在房间里，等待它出现的这一刻比它出现时更恐惧。

我很想他。

今晚每一分钟都很难挨。"

这一次，阿进没有忘记带上自己的睡衣。

薛兰端上滚烫的咖啡，然后面对面聊天，阿进觉得这是他的被无聊充塞的生活中最有意义的一刻，薛兰为什么要感激他呢，把她从孤单中解救出来的时候，也是自己在被解救。

"谢谢你来陪我，本来想回妈妈家，可今天是周末，有点不甘心，一个人去酒吧，那里被人包下在开派对，回家的路上，突然明白许许多多对夫妇为什么感情破裂了还要苟合，因为害怕孤单一人，一定是这样！"

"今天下班时想过约你一起吃饭，又怕你见怪……"

"怎么会呢，虽然在一个办公室上班，可我们是朋友，不管以后是否各奔东西。"

"你会离开公司？"阿进惊问，正是他这些天最担忧的。

"我是在考虑辞职，孩子在里面一天天大起来，"薛兰的手抚在腹部，是生命找到支撑点的触摸，"满五个月就……遮不住了，未婚便生孩子，起码我们的经理是不会接受的，我……不想……让他为难。"

刚才还是饱满的心绪一泄而空，像被戳了洞的气球，阿进双手抱住自己的膝盖，心里空的时候便有这个动作，能拥住的只有自己的双膝。

"不用为我担心，生下孩子后，我还能去应聘。"

阿进难受的样子，"我一生最恐惧的事就是，喜欢的人却要离开你。"

薛兰不响，然后很轻地问道，"阿进，你说过……不会像一般男人那样……对女人……"

"是这样，我属于书上说的……第三性，你们都能感觉到，薛兰，我……想告诉你，这只是生理性的，心理上，我比一般男人更依赖女人，"阿进垂下头，突然落泪，"妈妈去世的时候，我觉得……几乎活不下去，然后，眼看着姐姐们一个个嫁人，最害怕的孤单……终于到来，后来才发现自己，只愿意接近同一种女人，母性很强的那一类，我把她们当作自己的母亲或者姐姐，所以没有性欲……"

"做一个对女人没有欲望的男人，是不是很被人看不起？"阿进低下头自问。

薛兰去绞来热毛巾给阿进擦泪，"阿进，可不要这么想，男女关系不会是一种关系，只要我们觉得自然就是好。你没看出朋朋和阿杜在全公司男人中就对你好？我跟你讲，阿进，作为女人，除了恋人或丈夫，平日的相处，和阿进你这样的人在一起是最…最无忧无虑的……"

"因为，我这样的人不会侵犯女性，我给你们安全感……"阿进有点自嘲。

"不单是安全感，阿进，你比一般的男人更怜惜女人，女人出于自私也愿意和你在一起。"薛兰手脚利落地剥着柚子，将一片片果香浓郁令人两颊生津的柚子肉囊装在碟里放在阿进面前，可以想象她过去对自己男友的宠爱和照料。

"不是有一部分男人女人一辈子都不结婚吗？其中，一定有不少人是性冷者，可是，又有什么关系呢？人本来就是多种多样，我觉得，互相接受是文明人基本的人性，阿进，"薛兰笑起来，显得开朗，"发现没有，单身族的队伍在壮大？我也将加入单身族，有个孩子，我更有理由不结婚了。"

阿进的目光突然有了温度，但他立刻转开眸子，轻声问道，"薛兰，我……有个想法……"声音里有着怯弱。

薛兰鼓励地问道，"阿进，你想说什么？"

"我们……为什么不可以……一起生活？"他垂下头，一路说下去，"分开来是孤单的人，在一起就有了依靠，薛兰，要是你真的打算一个人带大孩子，你就……嫁给我，我们可以成为……无性伴侣，要是你能接受这种关系……"

看着薛兰流下泪水，阿进惊慌起来，"对不起，薛兰，就当我没有说过……"

\*　　\*　　\*　　\*

阿进和薛兰的喜事自然成了公司的一大新闻，但婚姻的好处是，将一切意外立刻转化为常态，男人们对阿进刮目相看，他们互相说，阿进一定有我们看不到的长处。言语之间有几分暧昧。

早晨，依然是三女一男乘一部出租车，看着薛兰日益膨胀的肚子，朋朋和阿杜的目光里有着疑问，可她们什么都不问。是的，婚姻这种关系突如其来的插入，四人之间的某种和谐消失了。然而，又有什么关系，无论发生了什么，时光将使一切都变得无关紧要。

　　这，才是最重要的。

---

　　* Niche　有利的地位，引申为生意上的"招牌菜"。
　　* SOHO　迷你型家庭型办公室，意指在家办公这一特殊职业人。

"他要给她一切：
鲜花、礼物、还有更多，
他要给她结婚戒指。
……
告诉劳拉我爱她。"
只有歌里才会有这样的直白，或者说肉麻？但是，每每听这首歌，朋朋的眼睛总会一热，挥之不去的是怅惘。

# 告诉劳拉我爱她

铃声响了五遍，接着是录音机的声音："有事请留言！"朋朋吼："金振源接电话，立刻！"下意识地朝隔离板外看去，周末的写字楼空空荡荡。

便有金振源的声音，气喘吁吁听起来色情，几乎能感受体温，就像在床上。事实是，现在的金振源比朋朋还性冷，他们有多少星期未做爱？此刻，他是在健身器上。他把下班后所有的时间，把夜晚、周末、荷尔蒙都给了健身器。

这就是所谓婚后人生？

朋朋不想深究，至少在此刻。"今天会很晚，明天一早去海南，我需要一支防晒霜，你帮我买，嘿……别急着挂电话，你还不知道是什么牌子，你拿支笔记一下……"

"你自己写在纸上，传真过来！"喘息声被滤去后，这声音更像录在机器上，简短、清晰、"啪"的一声结束，结束得断然、毫不留情，恋爱时，朋朋把这样的风格称之为"酷"。

现在她却摔了电话，"Shit! Shit! Shit! Shit! Shit! Shit! Shit!……"一迭声地骂，声音跟着提升，令某个坐在角落也是在加班的西装革履人士瞠目结舌，他探起身看过去，立刻又把自己缩回到隔离板里。

在这间被隔离板切出多个单调几何形的庞大的写字间里，朋朋就像那只热铁皮屋顶上的猫，在几何形中窜来窜去，因为一个电话把整个周末毁了？

可，还有周末吗？她有加不完的班，丈夫有健不完的身，他们的周末只是"日常"那一片灰色的延续，是一连串庸常之后再添一天。但是，她仍然希望它有些不同，比如，她想让丈夫今晚来公司接她，他们一起去吃夜宵，然后一路逛回家。寂静的柏油路，铺满枯叶，脚踩上去发出枯叶脆裂的声音，年幼时最喜欢听的声音，那时候的她背着书包一路回家，跳来跳去找枯叶踩，阳光穿过枝条和未落尽的叶子洒下来，像叶子一样碎裂，和枯叶一起把整条马路铺成金色，"嚓……嚓……嚓……"她在一片金色中跳来跳去，脊背被太阳照得暖烘烘，然后是枯叶碎裂之声带来的快感，那种无法交流的快感，可以让她独自快乐几小时，回家时两颊晒得通红，鼻梁上跳出星星点点的雀斑，很多年后才知道太阳会把过于白皙的面孔晒出雀斑。

此刻，在这个深秋的周末下午她突然产生强烈的渴望和焦灼，想起很久没有被太阳照得暖烘烘的感觉，很久没有获得快感，那种枯叶脆裂之声带来的快感。如果太阳照不到，至少可以踩踩枯叶，至少可以在对童年乐趣的回忆中短暂逃离日复一日的人生，至少可以通过与丈夫分享这一个小小的快乐而再次确认两人共同生活的意义。这算不算朋朋的一厢情愿，这个号称日新月异的城市，还有铺满枯叶的柏油路吗？还有寂静之处吗？首先到处是开膛剖腹的马路，尘土绕着簇簇群群屹立的高楼飞扬，先在视觉上造成喧嚣感，更不用说事实上的噪音分贝的高度。而后发现绿树被挪走了，能够出让空间的就是这些沉默的植物了，阳光不再有柔软的过渡，而是直接照在金属上——高耸的建筑物的外壳，那光芒有着刀刃一般锋利的锐角，在锐角中穿行的人怎能不生硬呢？请戴起墨镜吧！还因为秋天的风沙令你睁不开眼睛，从哪里获得那份落叶飘落在肩的感受？

　　可认真找是能找到的，总有那么几条马路被强制性地保留着它那殖民时代的风格，平时坐车掠过，已飞快地储存进朋朋的记忆库，然后在这一刻，在这个寂静的周末给丈夫拨电话的时候浮现出来，可是，拨通电话的一刹那、听到录音机的声音，情绪立刻变质，就像太阳光撞在金属上，复又变得锐利而生硬。本来录音、传真这类机器她也一样用得得心应手，她和丈夫在追求有效率的人生这一点上非常志同道合，但今天这一刻却让它的锐角撞痛了自己，柔软的心绪即刻烟消云散。她突然无法忍受每日司空见惯的一切，比如，这间庞大的办公室内几何化的一切——分割匀称、窄小却又是透明化的个人空间，几十台一起关闭黯淡冰冷的电脑屏幕……她从狭窄的桌与桌的走道，一下子冲进大楼走廊，那种无法克制的狂躁仅仅是因为小小的愿望受挫？抑或是内分泌紊乱？内分泌是阿杜的说法，要是有人做出过激的行为，比如那些为偶像自杀的发烧友，那些为鸡毛蒜皮的小事使用暴力者，阿杜认为他们甲状腺机能亢进，还有比生理现象更盲目的吗？说起"亢进者"的不可遏止的盲目力量，阿杜朋朋们的优越感油然而生，冷静理性，充满自制的言行举止，神定自若出入这座现代化大楼，意味着她们在现代生活里的游刃有余，还有什么比这样一种自我意识更强烈？

可是有一天，阿杜辞职回学校读学位了，她说厌倦了"公司人生"，她说，这一个封闭的一尘不染的空间在侵蚀我们的机能，我的肾上腺功能在退化，本能的力量消失了。谁都不相信那是阿杜辞职的理由，或者说任何理由都不重要，对于旁人。不久朋朋也辞职，她是找到了目前这一份薪水更高的职务，比较起来，她的"往上走"更能引起公司同事的兴奋，那一年是朋朋的人生高峰，她结婚，同时走进高薪行列，她的新居紧贴市中心在外销房区域，住宅地段向来是势利的城市人眼中最有表现力的成功标志，更何况比起小区内大腹便便的老板们，她和丈夫的年轻成了另一种资本，虽然每月六千元的分期付款，一点都懈怠不得。

问题是此刻，那么强烈的烦躁从何而来？从生理角度也就是阿杜的视角，是激素过剩吗？暗暗计算着已有多少日子不做爱，但对于性她并不比丈夫更有渴望，她过去一向以性冷自傲，是标榜自己在性关系上的清洁，她也终于找到跟她一样有洁癖的对象，然而，是否就像阿杜说的，表面的完美性下一定潜伏着某种危机？阿杜就像巫婆，一说一个准，朋朋简直恨她。

　　为转换心情，她按电梯下楼，去马路对面的麦当劳买了一杯热咖啡，不放糖也不放奶精，咖啡更显得淡而无味，可因为"淡"，才避免了高糖高脂的可能性，牺牲美味是为美貌，这小小得失可以把握，但更大的得失可以握在手吗？朋朋端着咖啡站在麦当劳的柜台前，竟有一种大而无边的彷徨。

　　朋朋写下防晒霜牌子，重新拨通电话把它传过去，大概丈夫正在跑步器上跑得头上冒蒸汽，身上只剩一条内裤，结婚一年多，他好像越发魁梧，但那一身肌肉对于朋朋更像广告上的"肉"，有着显而易见的虚假性，"性感"是广告用语，冰凉才是本质，仿佛肉体愈完美，其本质的空幻性愈鲜明，遏止的恰恰是欲望。这是朋朋的心得，然而她只能独自寂寞地咀嚼。

　　仔细联想，这广告性何尝不可推而广之到他们共同的生活？他们的住宅小区有网球场游泳池草坪和儿童乐园，是广告上的"完美的家"。而内部布置是照着"安家"杂志上的样板，朋朋自己则像图片上的模特，PORTS的黑白细格洋装配黑短裙，局部是VERSACE，比如皮鞋比如手袋。

再看金振源，不管是跑步、划船、俯卧撑、仰卧起坐，还是平睡在地脚搁在机器上做着脊椎整理这种莫名其妙的动作，其神情之全神贯注几近虔诚，他那张五官端正但表情淡漠的脸在那一刻突然有了灵魂的光芒。灵魂？朋朋觉得不可思议，她的人生从来不涉及这类词，她这一代是不折不扣的唯物主义，可在旁观丈夫健身的瞬间，她却有关于灵魂的联想，宛如丈夫在这一系列周而复始及其单调的运动中，追寻到了人生意义，随着他对此项运动愈益深入的投注，而从夫妻关系里淡出，这可是朋朋始料未及的。

买房时买多一间，本是为将来增添人口准备。先是一部多功能健身器被放了进来，然后按摩椅健腹器脊椎整形等等等等，很快，这间房塞满各种型号各种功能的健身器，眼看着蔓延到客厅，客厅面积大东西少，只有电视机音响和沙发，很时尚的"极简"风格，放了健身器，风格便有所损害，为此朋朋没少发脾气，但丈夫简直听而不闻。他是内向型，对自己的专业很专注，这样的人一旦有了什么嗜好，也同样专注，并且在坚持什么的时候会很固执甚至偏执，所以要想相安无事朋朋最好也忍耐一把，除此之外，两人关系中，他是忍让的一方，妇唱夫随，虽然职务年薪所学专业都比朋朋优越，每月付房贷款他承担三分之二，无论如何，以唯物主义的立场，这样的合作伙伴，或者说这样的婚姻，其过人之处也是显而易见。以致阿杜讥讽道，连嗜好都比别人高尚，不是吗，比起喝酒抽烟赌博乃至嫖妓吸毒那样的嗜好，"健身"差不多就是文明的象征？朋朋却不会说出她心里真正的块垒，她宁愿发发无关痛痒的牢骚，把隐秘的心事沉下去，沉到连自己都触及不到的底部。

从公司出来，夜色已深，但时间上才九点，马路上的霓虹灯亮得犹如白昼，事实上，是比白昼更具有激情的亮度，灯光下那一张张亢奋的脸，在阳光里曾经萎蘼困顿，愈是中心城市的人愈喜欢标榜自己热爱自然，但他们与自然颠倒的生物钟诉说的是相反的真实。

朋朋也是夜愈深精神愈振奋，何况这是个周末夜晚，虽然明早要赶飞机，但她可以在空中睡觉，空中的时光除了用来睡眠是无法派生出其他意义，至少今天的朋朋是这么认为。当然更年轻的时候，她向往过旅途上的恋情，"旅途"这个词语本身就很浪漫，失去背景，被时光限制等等等等，与现实无关，激情才得以滋生。和火车轮船相比，朋朋更愿意选择飞机上的遭遇，因为悬在半空中的人生好像更超现实，何况飞机上的乘客在背景上也更接近一些。这是朋朋在浪漫联想后面的现实标准。但是城市女孩很有限的浪漫在短短几年的公司生涯里也消失殆尽。出差多半坐飞机，乘多了，发现飞机这个场景最不适合艳遇。比方，身体被安全带绑住，然后满机舱的飞机食品气味让人直打饱嗝，分发食品的小车来来去去，几百人同时吃吃喝喝，接着排队上厕所，总之，吃喝拉撒，这些在地面十分私人的内容在空中却被公开化并被放大，如此具体之中，想象世界完全关闭，为了不吃飞机食品排队上厕所，朋朋便让自己睡觉，正好把地面不足部分补上，也算不虚度空中时光。关于旅途恋情的向往，朋朋想起来直觉自己的酸腐。

朋朋为新年度做的开拓市场策划书很受老板赏识，老板是美国风格，对于诉诸文字、事无巨细的计划十分当真。朋朋是专业出身，在原来的公司做过营销，对市场有经验，所以她很懂如何做一份既专业又生动的报告。可作为中级主管的她整日忙着做报告，应付客户，还有各种会议，专业资源却在枯竭。中国大学的计算机专业本来就有些大而化之，面面俱到却又不精，在公司忙了这些年，新知识新技术如风从耳边掠过，竟没有时间累积，心里不是没有危机感。可她与公司是共生关系，公司稳她才稳。老板八十年代留学美国，如今作为美国公司代理到中国开展信息工程，从工程师变成经营者，他身上的书生气，给作为共生对象的朋朋无端带来压力，老板身后的公司背景辽阔，资金丰厚，可要是换了代理，或美国方面干脆撤了生意，朋朋去其他公司薪资水平就很难说了。所以，这一年，她为公司付出的努力也是前所未有。

今晚一个人离开公司时，心里竟涌来几许委屈，回想这一年真正的周末屈指可数，这就是拿高薪的代价？自问，这么直接回家，面对汗淋淋、能量已消耗一空的丈夫，像他一样早早上床，然后去赶早班飞机，算不算虐待自己？朋朋离开中心马路的人流，拐入安静的侧马路，挂着"曲家客堂"招牌的小店，门口小灯照亮她的眼睛。

她点了豆瓣酥和清水腰花两个冷菜，要了一样当日厨师推荐的特色菜——火腿炖鱼圆砂锅，鱼圆放在小号砂锅，与火腿和开洋相伴文火煨了几小时的鱼圆，此鱼圆已非彼鱼圆，雪白，大如鸡蛋，柔嫩细腻如豆腐，滑入齿间才知有弹性，鱼圆中的极品，一打听，才知是饭店厨房自制，老板曲亮自己调的料，一道菜如此苦心经营，朋朋不由涌起珍惜之情。考虑到她是一个人，骨头扁尖汤也是盛在小号砂锅，一撮鸡毛菜碧绿生清在砂锅中央，突然感到自己饥肠辘辘，至少有三天没有吃过正经的晚餐。先要一碗饭就着汤吃了，然后要了一罐啤酒慢慢下菜，在朋朋，这差不多是一顿饕餮之餐，为保持苗条身材，她通常是在三分饥饿状态，只有情绪低沉时，才会暴饮暴食，比如此时此刻。

她一边在等小店老板曲亮到来，店内伙计告诉她，老板有事出门，但他一定会回来亲自关店门，朋朋深深地吁出一口气，曲亮会亲自来关店门这一个小小的许诺竟让她虚空的腹腔流过涓涓暖意。

店的面积三十多平米，正是招牌上所指——老房子的客堂间，松松放了五张普通方桌，三面墙各按一张小尺寸的长台，长台两侧各配一把椅子，两人用餐正好；靠里侧的北墙放了一张高脚茶几，配两把太师椅，曲亮要是在，通常会坐在这里饮茶，吃饭时间，小店坐满客人，曲亮的身影隐约在人群后，竟有股大隐隐于市的韵味。

店的四墙糊上粉红灰底色玫瑰花妩媚的花墙纸，正是这爿店最家庭化的布置，虽然现今流行用涂料，但过去的上海时尚家庭喜欢用花墙纸糊墙，是用昂贵的欧洲墙纸，奇怪的是，上海人从来是以一种盲目的热情追随着欧洲，宛如一个时间漫长却执迷不悟的单相思，多少年来想象中的欧洲像盗版片一样图像模糊，颜色变异……不过，关于花墙纸的房间经常可在欧洲老电影里看到，可作为一家饭店的容貌，在你一眼看过去的时候，既感到温馨，又有一种若有所失感，是一种无法指认的缺损。可，缺损的是什么？

花墙上挂着一些照片，家庭照，不同年代一大家人坐在客堂间围桌吃喝团聚的照片，照片顶多十二寸，那也是挂在家里的尺寸，照上人多，所以脸上的五官有一种被混淆的感觉，桌上的菜肴被安置在前景，不同年代风格也不一，粗糙或细致，特色鲜明的恰恰是看起来最粗枝大叶的那一类，在某些年代它们被毫无章法地装在不成套的碗或盆里，和其他年代聚餐照放在一起，便有了几分幽默和自嘲。

　　当时，朋朋带着客户去另一家已订好位的酒店用餐，经过这里先被它外表的"家庭感"吸引。借口这里的菜单不熟悉，而那边酒店菜也订好，私心里是要把这一个称得上有情调的地方留给自己享用。她的原则是公私分明，有些场所的私人化，仅仅是维护一种感觉，因为眼看自己的人生在被工作侵吞，或者说，看起来是这样。几天后她请阿杜几个原先公司的铁杆来这里一聚，这也是她换公司后欠下的一顿饭，拖了半年之久的饭，却突然迫不及待要请，实在是这家店留给她的印象太深。果然，一顿饭未完，大家已赞叹不已，除了菜肴，环境布置，饭店本身的舒适和某种不同凡响的气息，似乎同时也在影响客人，地板擦亮如镜，墙壁没有污迹，服务员的衣装、桌布、餐巾熨烫得十分平整，碗碟烫洗揩干留有消毒柜的余温，上菜时的熟练和小心翼翼，于是客人也收敛起粗俗和放肆。

"日常中的贵族气，一切都很到位却又低调，老板有品！"阿杜喜欢总结。

"这种感觉很像在西餐馆用餐。"有人呼应。

作为东道主的朋朋不便自夸，却抿嘴笑得得意。中式菜肴和西式服务风格被和谐地统一在日常风格中，也许这种协调比风格本身更令人难忘，它产生的体贴感丝丝入扣渗进你的内心，而这无法用言语表述，于是女孩们要求见老板。

老板其实一直坐在他的固定位置喝茶，朋朋背对着他，没有看见。他站到她们桌旁的第一秒钟，她在喝汤没有注意，然后她抬起头，轻声喊道："这不是曲亮叔叔吗？"心里的震动要响得多，但她控制住了。

"叔叔"的称谓让大家笑起来，老板却有些意外地看住朋朋，显然他没认出她。"我是朋朋，我家的窗口正好对着你家，不过，那时你好像有许多女朋友，你不会注意我……"

"哦，朋朋，是朋朋！"他更惊讶了，扬起眉毛，额上便有皱纹，突然就有沧桑感，"你完全长成另外一个人了！"

"另外一个什么人？"

"很标准，标准的白领丽人！"

众女孩一阵"啧啧啧"，表示不以为然，她们现在顶怕听到这一类词，什么"丽人"，什么"白领"，搭配在一起，更让人烦，无聊的传媒出现频率最高的词，主要是讨厌变成大众，她们个个认为自己另类呢。

不过，她们还是不无兴趣打量着他，想象他年轻时的风流倜傥。

现在的他只给人清瘦洁净感，相比较洁净感更显著，作为饭店老板竟没有丝毫烟火气，好像只是这里一个挑剔的食客，但无论怎么有品位，对于她们已是上一代人。

"小时候，你削很短的头发，调皮得

像男孩，全弄堂出名，但功课也是好得出名！"果然长辈的口吻。

"你想说她小时候比较不俗？"阿杜问。

他笑笑，不置可否，眉毛抬一抬，皱纹便出来，原来皱纹也可以增添魅力。

朋朋也笑，说道，"十三岁开始，我对你有单相思，是我的初恋，持续了两年，直到你去美国，我暗暗哭了一场，就算结束！"

"哇！……"哄笑，甚至吹起了口哨，老板有些脸红，但举止还是镇定，吩咐服务生续茶。

就在无心无肺说出这一切的同时，年少时的心绪再一次遮住眼前的世界，有一度，在他离去后的日子，她几乎无法继续正常的学校生活，她借故生病而滞留在床上，好在她有个经常肿大的扁桃腺，只要她心理上有生病的渴望，她的身体就会出现症状，这也是所有未成年人与世界抗衡的唯一有效方式。果然她发烧到三十九度，肿胀的扁桃腺堵住喉咙使她不能发声，她把母亲给的消炎药扔进抽水马桶，她不进食，把自己裹在被窝里，在昏昏沉沉中享受着生理的疼痛，它至少充实了她陡然虚空的灵魂，她在高烧中发着白日梦，让自己飘离现实嶙峋尖锐的触面，以她自己的方式将迷恋的身影定格在眼前。

他经常穿白衬衣，那时流行的质地轻薄的的确凉穿在他身上却光彩照人。他把白衬衣束在米色长裤内，涤纶和棉混合的裤料，令他挺拔飘逸，他在乐队拉小提琴，留稍长的发，发梢微卷，不颓废是风流，因为他过分洁净的外表，和举止的斯文。他影响了她对于男性的审美，他那类人好像是人群中的极少数，于是她一直很难对异性来电，她认为自己性冷，或者生不逢时，她中意的男子在同代中找不到。

很少听他拉小提琴，通常他白天练琴，她正好在学校读书。事实上，她对他的音乐并不感兴趣，她甚至不知道他的婚姻状况，还以为他是单身，直到他去美国前，才知有个妻子在那里。有没有妻子并不重要，重要的是视线里有他存在。看见他，也让他看见，视线碰撞时身体如脆叶瑟瑟发颤。

她放了学就往家赶，坐在窗前桌旁做功课，抬头能看他，假如他正好站在窗口。薄暮像细纱窗帘遮住日光的刺目，色调渐渐柔和并朝黑暗过渡，这一刻心情多么脆弱。作业本上的字已看不清，她不愿开灯，为了不让灯光迷乱自己的视线，而他从黄昏的幽暗里浮现出来，梦幻的影象，那影像几乎覆盖她整个青春期。

出国时，他站在窗口向她和她的家人道别，没有任何特殊性，她知道他向所有的邻居道了别。一种从未感受过的空洞感，令她双腿发软，在妈妈和他絮絮叨叨的时候，她一个人先离开了窗口。晚饭盛出来时，她却去躺在床上，妈妈把口腔表塞进她的嘴，体温骤然上升。

迷恋就是这样一种强烈、不可控制的生理现象，很像一场精神上的麻疹，感染上了，就只能耐心等它痊愈。街道卫生室的护士上门为她注射一星期的消炎针，烧退扁桃腺也消肿，总之，体内的抗体在做着自己的选择，是她不曾意识的本能的自卫。下一个周末她被妈妈从床上扯起来，妈妈为她放了半浴缸的热水，帮她洗净梳顺虬结成乱麻的长发，穿上厚厚的新内衣，季节已经转换，温度骤然下降，但天高云淡，阳光耀眼，他的身影已在强烈的光线下模糊，抑或，退得远远的，成了背景，是青春惆怅的底色。

出了饭店门，她们意犹未尽，说再去哪个酒吧坐坐，朋朋却执意回家，很扫兴地道别便一径离去。

阿杜的电话跟过来，"怎么啦，失恋了？"

朋朋一愣。

"因为不再是你心目中的白马王子？"

"过去也不是，不肯叫他叔叔，觉得他女朋友多，是不能信任的男人，但每天的目光还是要追随他。"

"今天看过去，却是很叔叔的。"

朋朋说，"所以心里好不舒服，男人也会老，过去还以为只有女人会老！""不过按他的年龄，他还是显年轻，首先没有发胖，身上没有肚腩脸上没有横肉。"阿杜的一番安慰，令朋朋失笑的同时无比叹息。

"可他身上那股没法形容的风流味却荡然无存，你没有见到，你是无法想象的啊！并非仅仅是从青年到中年的变化，他和过去的他已是两个人了，当年的意气风发和今日这样一种万事已休的消极态度，不能想象生活可以把人磨损到这样……"她喃喃自语的，情绪之低沉令阿杜吃惊。

"可以想象，可以想象你当年被迷恋的程度！所以，'重逢'对异性之间的想象力是最冷酷的嘲笑。"阿杜似乎幸灾乐祸地答道，其实她是想宽慰她，"无论如何，他在开餐馆，所以不能算消极。"

"可他以前在上海乐团拉小提琴，是音乐人，如今却做餐馆老板，甘愿当俗人，不是消极是什么？"

"何以见得餐馆老板就俗？只有俗人没有俗业，我看他的饭店虽小却一点不俗，要是在音乐上平庸，还不如开一家标新立异的饭店。朋朋，不要以为你和你老公拿高薪就高人一等，你们是最俗的族群！公然追逐金钱追逐享受，你们不俗谁俗？"

她们之间针锋相对惯了，朋朋并不生气，晓得说不过她便取低姿态，"对对对，我们是大俗人，利字当头，你重回学校追求知识，是未来的知识精英，社会良心……"

"哈，你又错了，恰恰在所谓精英里俗人一大把，蝇营狗苟的人事纠葛比以利润为目标的公司多多了，当然公司是文化沙漠我也不敢恭维，我现在只能洁身自好，也许拿了学位再去开个裁缝铺也说不定，我小时的理想是做裁缝！我才是你那位曲亮叔叔的知音呐！"朋朋举着电话不能不笑。

不过，十三年后重逢带来的失落，在次日去上班的路上便已烟消云散，如果脑中塞满种种谈判条例，如果创利或打开市场成了公司也是朋朋生活中主要目标，自身还有空间储存其他情绪吗？阿杜这张巫婆的嘴啊，一说一个准，多厉害的朋朋，在她面前也只能甘拜下风。

从此，下班后又多了一个可去之处，朋朋可以这样安慰自己。但她一直没有余暇再去。

曲亮回到店，只剩朋朋一个客人。曲亮朝她平静地笑笑，仿佛她独自坐在这儿等他，是在他的意料之中。他吩咐店员为她撤去饭席，泡上一壶柠檬红茶，饮茶的瓷具很华美，粉红灰玫瑰衬着宝蓝底色，雪白的瓷边镶着一道金。与朴素的日式餐具形成反差，一问，果然是从英国买回，是他为特殊客人准备。

店员们离去，门口挂上关门的牌子，客堂只剩下他们俩，朋朋并没有任何不自在，因为曲亮笃定的状态令她觉得宾至如归，他对她说，"还有几只大闸蟹，等会儿热一壶黄酒。"

她笑起来，"今天我已创纪录，吃了三个人的分量……"

"没关系，螃蟹吃不饱，是消磨时间的食物，一边吃一边消化，吃完了，反而又饿了，后面一顿饭的时间已到。"

朋朋直笑，很好笑，被他一形容吃蟹人很无聊也很无奈，而她一向觉得时间最匮乏。正这么想着，一边的曲亮说道，"看得出你是个忙人，难得有时间闲坐，所以款待你让我觉得很值得。"

普普通通一句话，竟让朋朋的眼睛热了，却又觉得自己脆弱得不可理喻。

朋朋捧着茶跟着曲亮进厨房，闲站一边看他忙碌，他把螃蟹冲洗干净，放在蒸锅里，然后仔细烫洗砧板和刀，找出嫩生姜，用小刀刮去表皮剔去斑痕，切片切丝然后切成细如粉状的姜末，其手势之利落细腻令厨房俗务变得富于美感，朋朋发出阵阵惊叹！曲亮笑了，说：

"在美国的餐馆什么都做过，除了做老板。"

朋朋笑，"所以回国再做一把老板？"

曲亮点点头，"是的，圆了我的心愿，我在感恩节这天真诚感谢上帝，感谢他令我懂得感恩！"

"没想到你成了教徒！"

"当时去教堂很功利，那里的教徒乐意助人，介绍工作免费教英语，刚去美国就像在大海里浮沉，教堂是可以抓住的一根稻草。但后来，就成了精神的依靠，回想过去没有信仰的时候，觉得自己是茫茫海上一叶孤舟。"

"你在传教吗？"朋朋开着玩笑，这不是她有兴趣的话题。

　　曲亮却认真答道，"各人经历不同人生的感受也不同，对于宗教的感觉也会不同，信或不信都有自己的理由。"

　　说话间，曲亮给螃蟹点火，拨好定时钟，给姜末放醋、酱油、糖，用一根筷子轻轻搅拌，然后收拾灶上杂物，眨眼物归原处，厨房回到先前的秩序和整洁中。他拿出一瓶未开封的精装陈年加饭酒，酒倒入酒壶，看看表说，"蟹一好就热酒，蒸蟹时间不能长，十五分钟正好，关了火再焖一分钟，这一分钟正好用来热酒，美味的关键在于火候，所以专心最重要，做的人吃的人都要专心，美味才会来到舌尖再进入内心。"

　　朋朋微微吃惊地看住他，偷偷咽下唾沫，那可是美味之外的收获。她随着他一起回到客堂，和他一起铺台布放碗碟，如果美食在即，这些琐细过程便成了期待的过程。在她匆忙的人生里这些点点滴滴的欢娱都曾被略去。

他帮她把烫手的蟹剥开，教她先吃膏黄，现在是九雌十雄，正是吃雄蟹的时候。果然，当她把膏黄蘸了作料放进嘴里，刚入齿间，一股浓郁的香味和肥腻竟令她喘不过气来，不由地用手去托住自己下巴，吃过这么多次蟹，这次才算品尝到它的真味。什么样的词才能形容她此时的感受？就像他说的，美味从舌尖进入内心。

开始还是虚空的内心突然被美味填满，快乐感从心里涌向身体的每个部位，从眼睛嘴唇指尖流出，来不及交谈，把蟹肢解成好几块，从精华部分开始，想起"含英咀华"这个词，还原到吃的本质是最恰当了，她无端地笑起来，并响亮地吮吸着蟹脚上的肉，很快蟹壳在桌上堆成小坡，才缓下劲来，说："这一刻，真的觉得开饭馆也不错。"

曲亮笑了，点点头，成熟便是在任何时刻不急不缓？很奇怪，一个讲究吃的人，却在中年后没有发胖，他像过去一样注意衣服的搭配，头发因洁净而蓬松但变成灰色并且剪短了，总之，仍是个体面的人，可，那一股吸引人的光彩去了哪里？朋朋陡然升起进入他内心的渴望。

"开饭店是你平生最大的愿望？"

"很难说最大，平生心愿很多，这是其中一个。"

"可你以前是职业小提琴手？"

他一怔，抬起头似乎朝远处回望，但花哨的四壁令他视线受阻，头下垂而后一笑，"是很久很久以前的职业，去美国的代价便是把这个职业丢了。"

"你后悔吗？"

"如果你相信命运，就不会后悔。"他摇着头，这是消沉还是豁达呢，她再一次感受那种缺损，却无法清晰指认，突然又有些焦躁。

"命运这个词太大而化之，我没法感受它确切的意义，说具体一些，一样东西伴了你很多年，比方，你的乐器，突然就用不上了，还是很可惜。"

"不会用不上，要是技痒，会去地铁，纽约地铁是最有活力的舞台，知道吗，我回上海后，要是说到美国有什么让我留恋，是我在地铁拉琴时的气氛，那股自由自在合着浪漫和伤感，音乐回归到它最本质的也是最富人性的状态，我过去坐乐队时从来没有感受过的。"

非同寻常的见解，果然，不是俗人，朋朋的心情雀跃起来，"我第一次听到你这种说法，一贯的印象是，到地铁卖艺，无论如何是沦落。人们以此证明艺术家出国的失败。"

他蹙起眉头，"这是中国人的价值观，首先成功和失败的说法就很可疑，除非竞技者一决胜负的时刻，对于绝大多数的普通人，何谓成功何谓失败？升职是成功失业是失败？但升职的这位可能正面临婚姻破裂，上帝很公平，它不会让你一味得到，也不会让你永久地处在失去状态。对不起，这是另外一个话题，我想说，我们中国人最不平等，'学而优则仕'是我们的文化，所以成败标志很简单，比方那些以视察为由公款出国旅游的各方既得利益者，眼见在外卖艺同胞便有强烈的自我优越感，回国后大做文章，却不知艺人们内心那份快乐和自由，坚持或放弃是艺人自己的选择，而既得利益者没有选择，为了那些看得到的利益，他们时时刻刻坐在热锅上，付出的是大代价，却不自知，因为不是物质形式，比如良知、安全感、清洁的内心，更不用说自由的感觉，却不知这是做一个健康人最基本的心理指标。"

　　她受到震动，他正好指向她内在的盲区，一时无言以答。他继续说着，喝了一些酒，他变得健谈。

　　"说到去地铁拉琴，我是在解决了温饱之后才去那里，说到底我也是从我的文化熏陶出来，好像没有温饱的底子便没了尊严似的。是一位韩国吹长笛的女孩把我带到那里，"他抬起眉毛，额上便有皱纹划出，令他显得有些酷的沧桑感，丝丝感觉潜入她的内心，是看不见的堆积，"她对音乐热诚，但这方面的天赋不够，跟我一样，被美国音乐界淘汰出来，她在读护士学校，一边在饭店打工，我们是同事。"他去换了一壶茶，柠檬新鲜酸甜的果香被红茶的苦涩馥郁衬托得更加清亮，尤其是在饱食肥蟹之后，一壶茶能唤起十分单纯的幸福感，这也是她不曾体会的，她觉得可以伴着他坐下去直到黎明。

"有几次下班同路，在地铁只要遇到演奏，会不由自主留步，那时我是大厨，她并不知道我有过多年的职业生涯，不想告诉她只是出于从自己国家带出去的成见，以为自己从职业小提琴变为大厨是沦落。有个夜晚，我陪着她在曼哈顿四十二街换车，十几条地铁线在那里交汇，车站像个巨大的广场，从八大道的 E 车到六大道的 R 车，几乎要走两公里的路，在一条一里之长的管道一般的通道里，有个黑人在吹萨克斯风，夜已深，通道没人，他的音乐在空旷中回响，泪水突然涌出来，从来没有发现音乐可以这么深切地打动我，我不敢停留，慢慢朝前走，他的萨克斯风，深夜最孤独也是最高贵的乐声伴随我走出很远，所有沉寂的感情在刹那复活，她赶上来时也是眼圈红红的，当时没有互相交谈，便各自转车回家。

　　"后来我们又一起遇到四个黑人组成的无伴奏小合唱，可以说，我这辈子没有听过这么优美的和声，在地铁的空旷中回响时，乘客们停下，跟着和声摇摆击掌，情不自禁地发出尖啸，有些人手里的行李被抛在路中央，一时间他们忘了自己要去哪里，我又一次体会到不可遏止的音乐带来的冲动和对于现实短暂的迷惘，她在笑的同时流着眼泪，说，这是她来纽约最快乐的时光。她说，一定要到地铁吹一次长笛，就放在周末，曼哈顿二十三街站的空间比较合适长笛。我这才发现这也是我的渴望。你

能想象我把提琴和乐谱带到地铁等她时，她
的惊奇和快乐！"

　　他笑了，抬起头回望过往的神情，她
不敢看他因为眼睛发热，不可自制的冲动
也在她的体内回荡，突然很想扔弃一切去
远方流浪，去感受孤独探索生命价值的过
程和其间的挫折落寞，只为了能在瞬间获
得的一份深切的激动。


　　朋朋回到家已是夜半两点，金振源当
然早已入睡，自从热衷于健身，他也同时
锁定了夜晚入睡的时间，十点整，铁板钉
钉，不可更改，首先他自己从不晚归，也
从来不等晚归的朋朋。客厅的玄关开着一
支小灯足矣。每夜回家静悄悄，这是她成
年后所遇到的最深沉的静：静悄悄洗沐，
静悄悄看电视，静悄悄翻冰箱找东西吃，
静悄悄上床睡觉。

　　可对于她，婚姻带来的两人享用一张床，
做爱还在其次，睡前谈天是她感受婚姻价值的方式。但现在要得到它，突然很不易。即使准时下班回家，各样事情忙完，也已快十点，那时随便跟金振源说什么，他都以"是"或"不是"回答，说什么在进入备睡状态，话一多怕兴奋。这种状态延续到周末，自然就不再有诸如周末之晚的感觉，即便那些夜晚什么安排都没有，吃了晚饭早早上床，本来谈兴渐浓，他却担忧起来，不时偷偷看表，怕超时更怕越过备睡状态，旁边的人如何不索然？常常，朋朋重新穿上衣服去客厅一个人看电视，那时候才真真切切感受夜晚的无聊，延伸出去便是婚姻的无聊。

　　想起来有些不可思议，好像，关系的演变是从这些小细节开始。

　　桌上放着她让丈夫买的防晒霜，正是她要的法国牌子GATINEAU，心情一好便记起他忍让平和的性情，一般情况下他总是尽量配合她。无论如何，他是她经过选择的理想伴侣，他们并非因为盲目的热情组成这个家。也许，在两人关系中，调整自己的日程表仍然重要，这是此刻朋朋从"曲家客堂"回到家后最清晰的想望。

可是，当她沐浴后裹上睡袍到床上，手伸出去拉被子，却触到什么奇怪的东西围绕身边人，再一次摸去，吓了一跳，绳索之类的东西像网罩着他，把灯拧亮，再拧亮，终于看清那些绳索是电线，从临时挂到墙上的接线板连接到金振源的被下，电线有十几根之多。朋朋的脑子被这些深夜电线弄乱，先把手指放到丈夫鼻下，那里一呼一吸一如正常人，又掀开他被子，见他全身赤裸，电线连着薄薄的磁片，磁片被橡皮膏固定在身体不同的部位。想来那该是些穴位。

朋朋一怒之下，把橡皮膏狠狠地从金振源身上剥下，汗毛跟着粘下，金振源一阵呻吟睁开眼睛，朋朋把他推搡："你……你又出什么花样了？"

金振源也不生气，坐起身看表，说："睡过时间了。"

"我问你这是什么？"朋朋的声音尖起来。

金振源迅速起身穿衣把接线板磁片电线等全收起来，放进一个大纸盒，从纸盒拿出一张解剖图对朋朋解释，听起来更像在推销，"电磁健身器，也是最新一代结合中医针灸和高科技治疗兼恢复功能器，磁板接通电源后再按在穴位上，是和内脏对应的穴位……"

朋朋打断他喊道："你要治疗恢复什么？"金振源有些吃惊，朋朋知道自己反应过度，却又无法克制。

"我觉得这东西可能对你也有用，帮助死去的细胞迅速再生，包括脑细胞，失控便是脑细胞再生能力弱化！"

他是认真的，没有嘲笑的意思，朋朋更觉得要发疯，她喘着气，尖叫转成低吼，"金振源，我看是你的脑子有问题！"心里问自己："怎么会变成这样？怎么会？"

金振源却答她，"现在最大的问题是时间不够，这东西一上身至少两到三小时，晚上带着它又睡不好，算来算去只有周六周日下午可用……"

朋朋眼前立刻展示出被各式健身器蚕食的周末图表，她扑过去抓住那张解剖图便撕成两半，几乎同时她的手腕被捏在金振源手中，这一刻她才能感受健身带给他的力量，那两只手像钳子一样夹住她，"你把我夹痛了，快放手！"挣扎着，眼泪便掉下来了！

他松开她的手，但姿态是戒备的，脸上的神情与其说生气不如说是惊恐，"这套仪器是推销员借我试用，这么一来，只能买下了！"

"金振源，你以后随便买什么新的机器回家，都不要再让我看到，我的忍耐已到了极限！我也不知道我会做出什么事。"

他的脸瞬时阴暗下来，"朋朋，我从来不干预你，所以……"

"这已经不是干预不干预的问题，金振源，你把健身器一台台搬回来，现在一间房已放不下，等客厅也放满的时候，我只能搬走了。"

"你放心，这个问题我已考虑到，我打算在小区再买套一室一厅用来健身，与其把钱扔在健身俱乐部，还不如安在自己家，不管怎么样，房产是自己的。"

朋朋竟一下子说不出话来，胸口堵住一般，索性放声大哭。问自己，是我疯了，还是他疯了？

金振源惊慌地去搂住朋朋，一边从床头柜的纸盒里抽出纸给她擦泪。

她裹在他结实温热的胸肌内突然发现自己肉体的饥渴，不由自主地抱紧他，他的身体立刻兴奋，用力吻住她并帮她脱去衣服，这是他们最混乱状态下的一次做爱，爱或不爱变得次要，重要的是这一刻肌肤相亲，连朋朋都未意识到这是她选择他的重要理由，在性关系上，他本是她的开拓者，他帮她走出性冷，令她获得快感。奇怪的是，唯有在性关系上，朋朋是迟钝缓慢的，她需要对方的活力，要是他沉寂，她也一起沉寂。

衰弱也是一种快感，至少意识里种种缺憾消失就跟高潮时一样，倦意像麻药一般遍及神经，做爱之后的朋朋已睁不开眼睛，无力的手指放在他的肌肉上，嘀咕着，"你参加健美比赛可以得冠军，不过得了冠军又怎么样呢？所以没必要当事业做。"

他却答得认真："我没想过要去参加什么比赛！自从阿林死后，周围的人都去买了健身器，突然觉得……"

但是朋朋太困了，"死亡"听起来是发生在电视里的事，但还是努力答他："你说有人死了？"

"阿林！我少年班的好朋友，就是那个去美国读了十年书，又回来建网站的阿林，记得吗？"

"阿林，阿林，"她只能抓住最后几个字，闭着眼睛有气无力地应付着就像在苟延残喘，"身材高大，像排球队员，穿一件 Banana Republic 夹克，人家以为是工厂里发的工作服，他那种无奈的表情真好玩……"已完全跌入梦境，并在梦中笑了起来，再一次看见阿林穿着这件藏蓝色的麻布夹克，一眼看去的确很像工作服，但他的脸怎么也看不见，就像，他是个没脸的人，朋朋索性在梦里也把眼睛闭上，于是连梦都没了，完全沉入深睡之谷。

"他突然倒在董事会议上，隐性心脏病，倒下一刻便停止心跳。"停下来，似乎在等朋朋的反应，沉默，好像在等下文，"那时你正好出差，去欧洲参加什么展销会，回国后又去大连建立分公司，总之，一直没有时间和你说这件事……"深深地吁出一口气，终于可以和身边人说说这件事，阿林阿林，少年同窗，三十岁带着学位和资金回国，这么生龙活虎的一个人突然就去了，甚至连个过渡都没有，急救之类都免了，直接搬进太平间。他回国时的风光，不可估量的远大前程，与死亡并列成了残酷的嘲讽。

"葬礼上我们这班同学再次相聚，没想到是在这种地方团聚，我们这班人你知道，曾被称为天之骄子，读名牌大学金牌专业，不是电脑就是通讯，一进入社会就站在金字塔的上面几层，阿林的死对我们是当头一棒！"抓住朋朋的手，流下眼泪，她的倾听令他放松，"之后，我们纷纷去医院检查身体，然后把健身器买回家，首先是要保住身体！疾病可以控制，只要努力！"他在黑暗中睁大眼睛，可是，他眼中的恐惧在梦中的朋朋却无法看到。

虽然健身器们是投射在这对年轻夫妇之间的阴影，但做爱带来的深度睡眠，令早晨奔向机场的朋朋的大脑仍然处在静止状态，她行尸走肉般在各个窗口柜台走一遍，急不可待坐到飞机上安全带一绑蒙上毯子继续睡。中间发食品时醒过一次，想起昨晚的不可理喻，和丈夫从吵架到做爱，后来他说了许多话，她抓不住他的话语，甚至也抓不住自己的思绪，眼看自己被不可遏止的力量推入另一维空间，尽管能感觉他在抓她的手，但睡眠把他和她隔离了。

　　她试图回忆昨晚最后一刻谈话，但困倦再一次控制住她，回想带来的空白感伴随她以一种连贯性进入飞机的睡眠，直到走出海口机场，在南方蓝得刺目的天空下，空白又清晰起来，它使她产生莫名焦虑。以后，当生活朝着不可预知的方向发展时，她会想起这一片刻的焦虑，就像某种隐性疾病，你对它毫无所知，但被它控制的预兆会在刹那提醒你。

　　显然这里的经济次序不同于上海，也许还有气候问题，南海的潮湿温热令她呼吸不畅，总之，她对这趟出差充满厌倦，比计划提早两天回家。于是，看起来就很像命运安排，她正好赶上的航班在上海机场降落时发生了问题，由于起落架放不下，飞机在空中盘旋了两小时，不明真相，加上机上多是商业界乘客，机舱内的情绪还算克制。但无论如何，看见底下上海鲜明的标志——东方明珠时，宛如站在生死临界点，这个在地面上看起来庸俗无比的标志现在正象征着地面的人生，如何对它不眷恋？为了重新获得这一切，愿意付出所有，除了生命本身。

朋朋的状态稍稍有些不同，因为疲倦各种感觉有些涣散，身边的位子空着，才发现人在恐惧时最需要交流。重新回忆丈夫那晚说的话，隐隐约约记起他提到谁死了，她两手相握手心都是汗，那只是自己的联想？她因恐惧而否定了这一个不确切的记忆。问题恰恰在这里，假如那晚她听到了他的心声，假如她从此刻的恐惧而感受丈夫的恐惧，他们的关系会不会走出一个新局面呢？

心慌意乱时想着如果丈夫在，是否会比她更慌乱？说不定是她安慰他。不过，与孤单无助相比，施与安慰是另一种获得支持的途径。可他离得多么远，她抓不到他的手，即便在意识中抓到也好啊，为何抓不到？

于是想起曲亮，他是她这一刻能够抓住的稻草，她回味着在他那里吃过的鲜美异常的螃蟹，他在厨房颇具美感的操作，一时走神于眼前的现实，直到飞机降落时，放不下起落架的机身直接擦地引起的剧烈震动和巨响以及窗外飞溅的火花，她在极度恐惧中醒来，或者说，醒在一个正在崩溃的世界，然而，这只是几秒钟的时间。

呛鼻的金属焦味中，机舱打开紧急出口舱门，从紧急滑梯撤离，迎接这班乘客的是消防车喷射出的灭火泡沫。她和他们披挂着一身雪白泡沫甚是狼狈地出现在候机大厅，那里的人铺铺满满，头顶上大块红条幅，镁光灯密集地亮起……此时，她和他们才知，这两小时全城为之屏声息气，全城的消防车排成长龙候在跑道，全城的急救室腾出空床，全城的市民在电视屏幕前，全城的记者涌向候机大厅，总之，全城在等待空难。

接机的人们和乘客们在拥抱说笑同时哭泣，声音响亮带着无法立刻平息的歇斯底里，越过死神的相聚无论如何是神经质的。朋朋也想哭，却没人可相拥，金振源没来，她给自己的娘家拨电话，电话才接通便哽咽不已，然后知道母亲今晚已几次拨电话给金振源，均是录音作答。她不清楚朋朋是否今日回家。现在才确认朋朋恰恰就在这架班机上的妈妈，因为后怕开始哭泣，一边责骂金振源的无情无义。

于是朋朋反过来安慰母亲，并为金振源辩解，他不看电视，空难发生他也不知道，夜晚十点后他关电话铃，还给自己耳朵按上耳塞，但妈妈更愤愤不平，"他知道你今天出差回家，怎么不去接你，至少应该等你安全回到家才睡。"

"我经常出差他都烦了，过去来接过，

也等过我。"妈妈一向反感他的冷漠，不得不为他辩解，一边在想这好像是婚前他追求她时所为，难道已婚女子尽可怠慢？

本来是要任性地直接回娘家，她要知道在她应该回家的日子没有回家丈夫是什么反应，可妈妈对金振源的态度令她陡生年少时对家庭的反叛，只好坐上出租车回自己家。无法预料的是，钥匙转开门看见玄关亮着的小灯，心里的创伤转化成愤懑，那是极度恐惧留下的连她自己都未曾感知的创伤。她把旅行包用力扔在客厅地板上，"通"的响声，就像拳头击在墙上，好在楼下不住人。可，卧室里的金振源居然毫无动静？

她又饥又渴冲进厨房打开冰箱，里面有六七听可乐三五听啤酒一瓶早已过期的咖啡，用剩的黄油，但没有食物，冷冻箱里只有冰块。这又怪谁呢？她从来不在家煮食，厨房保留着广告图片上的一尘不染烟火气不闻，因此真实人生的饥饿到来时它也无能为力。她怒气冲天地拉开可乐罐头，喝了水肚子反而发出响亮的"咕咕"声。她坐在吧台旁，台上空无所有，除了一瓶干花，嫩黄的小花蕾落满灰尘，插在透明的水晶花瓶，愈显出花的风尘之色和它枯萎的真相。长长的吧台隔开厨房和客厅，那时以为很浪漫，坐在吧台这一边通过客厅的空间遥望窗外。却没有想到夜半时分坐在这儿，客厅的窗已拉上窗帘，空腹喝有色素的甜水，独自平息逃出空难的惊恐。浪漫在何处？一个不煮食的家？一个熟睡，也许装睡不醒的丈夫？一个不满足、不生育、发育不全的人生？

猛然，她把可乐空罐朝着关闭的卧室门砸去，油漆木门上立刻留下铁罐锋利的痕迹。那伤痕令她狂怒，一不做二不休地把吧台上的花连同花瓶一起扫到地上。丈夫打开房门，受惊的目光首先落在放在角落还未拆包的健身器。这里，朋朋已"砰"地一声把自己锁进卫生间。

　　也许这就是所谓的阴差阳错，或者说命运。金振源生性胆小，害怕坐飞机，他选择通讯工程为专业，似乎就为弥补地理上不自由，要是知道飞机险情，他会有什么样的反应？但肯定，比较极端比较令人意外，至少不会安然入睡。可这天他既没看电视，事情又发生在他睡觉之后，而他睡觉是要关电话铃的。不仅如此，他回家时又背回一个刚上市的新型健身器，朋朋回家后发出的第一声带试探性的巨声，他就醒了，立刻想到健身器是导火线，并且后悔自己一时冲动的购买，他没有动弹是害怕与她正面冲突。然而那一刻他要是开了房门看到披挂一身灭火泡沫的朋朋，误会至少不会继续。

　　此刻朋朋在卫生间洗澡，在哗哗的水声里痛哭，他仍然处在黑暗中对真相毫无所知，被这一场不明所以的疯狂弄得心慌意乱，一种无法解释的畏惧使他的行动也变得荒诞，他居然置满地的玻璃碎片不顾，穿上衣服拎起新买的健身器，去楼下喊了出租车直奔自己的公司，其出发点很简单，想在明天把还未受损的机器给退了，同时再买一个单元给自己建立健身房的决心就更坚定。

待他再回到自己家，门被朋朋从里面反锁。已是下半夜，以金振源的性格当然不想隔着门和朋朋吵，他一向爱面子注意仪表，每日换衬衣，皮鞋一尘不染，当然更不肯高声嚷嚷。可猛然对着无情锁住的房门，却束手无策，在门口徘徊了几分钟，看表已是三点，离天亮也就两三小时，金振源决定重回公司，就当做加班吧，他安慰自己，刚进公司几年，有过通宵加班的记录，但在阿林猝死之后，他再不肯加班，也不要升职。虽然安慰自己权当加班，心里仍是烦恼，还有惊恐，眼前的麻烦是睡眠不够，还有，妻子的喜怒无常。

待窗口刚刚发白，金振源便换上放在公司备用的运动装和鞋下楼，沿着公司门前的马路晨跑，平时他的健身是在傍晚，通常是从公司跑步回家，在健身器上继续两小时，然后才洗澡吃晚饭。是在阿林出事后，他们这个小小的同学圈，已到了"谈心脏色变"的地步，以他们各自收集到的有关心脏健康的信息，相信体能锻练是加强心脏机能最有效的方式。于是他们各个买来健身器，经常交流的也是与健身有关的信息而不是如何走向成功，至少对金振源是这样，与死亡的威胁相比，成功的座标突然失去光环。"健身"，这是金振源唯一感兴趣的话题。

但健身就像环保，多少投入一时都无法产生利润，在脱贫致富的急切性上，个人和国家同步，一当其他需求迫切起来，环保便朝后挪。金振源不知道，他那些同学的健身器正次第蒙上灰尘，从来，能够持之以恒的是极少数，无论是健身还是其他称得上伟大的事业。只有金振源全身心投入，并且愈健愈烈，有谁知道，他是通过这一行为缓解无法消除的恐惧？

金振源和朋朋一样，永远觉得时间匮乏，如果平时早晨不够用来健身，今晨便是好机会，运动能使他忘记一切不快，远虑近忧。早晨有雾，街上紊乱的景象在提前，但他可以视而不见，多年专业生涯令他专注能力比常人强。公司在中心马路，他朝后面的小马路跑去，但那里有一片旧式弄堂房，清晨的人流密度比想象中要高得多，他在上街沿的人流里穿梭，有些急躁，只想尽快越过这片破旧的市中心住宅区，朝着苏州河的岸边跑，那里已改造成绿化带。奔跑的速度在加快，穿马路等绿灯时他不得不停下，就在这一刻他觉得胸口发闷，绿灯亮时改跑为走，张开嘴大口呼吸，焦虑地等待"闷"的消失。

但"闷"没有缓解，似乎还在扩展，渐渐地正将五官笼住，鼻子和嘴失去呼吸功能，声音从耳边退远，眼前的世界在模糊，想起阿林，他倒下之前是不是这种感觉？他惊慌叫喊，喊"妈妈"，但，完全是梦魇魇住的感觉，他的胸口他的器官被压住了，是被雾压住，一个语音都发不出，他快要窒息，难道雾能让人窒息？他觉得荒唐。可他的双腿在发软，身体眼看要倒下，神志却清醒，他控制自己，慢慢坐下。是的，不能倒下是关键，死神就是在阿林倒下时把他抓住，他的双手牢牢握住潮湿的上街沿，汗水从他的额头滚落，就像泪痕留在脸颊，而这是个接近零度的初冬早晨。

理智还在，他晓得应该去医院，但他站不起来，雾更浓，马路更乱，五米之外看不到东西，眼面前是一片激烈的纠缠，马路内侧行人和自行车纠缠时的尖叫怒骂声，马路中央卡车和小车争道时的喇叭声，喧嚣比雾还令人窒息，他的全身发麻，生命正一点一点从他的指尖脚尖离去，他在感受"离去"，他不再惊慌不再有任何联想，仅仅用本能坚持着，坚持不倒下。

人们看到一位着运动装的青年男子一动不动坐在上街沿就像一座雕像，还以为他在练气功，他们绕过去，或从他腿上跨过，嘴里骂骂咧咧的。

他看到几步之外有一部出租车亮着红灯，他却抬不起手朝司机招呼，手无生命，宛如与他无关的石膏肢体。他无助地朝司机看去，终于，司机的头转过来了，并且摇下车窗，他没有看他而是朝后看去，后面的卡车撞到小车屁股，司机跳下车，对着卡车司机暴跳如雷，他哀求地看住小车司机，快呀，无论多少代价，快把车开过来，把他载到医院，那个唯一可以拯救他的地方！

雾完全散去、道路开始畅通是在九点以后，一名警察终于注意到这位年轻的"气功者"全身在发抖，两只眼睛却瞪得很大，像钨丝将断突然亮起来的灯泡。警察上前询问的刹那，金振源朝他腿边倒去。

当担架把他搬上急救床时，他醒了，医院的白色令他沉寂的生命燃烧起来，没错，他的手脚又能动了，量完血压做完心电图，当医生告诉他一切正常时，"闷"就像雾被轻风吹散，医生给他挂了两大瓶丹参液葡萄糖盐水算是安慰，他们说，其实，不需要用药。

他在医院给朋朋拨电话，电话挂通后朋朋在那头把电话挂了，他隐隐记起昨晚的事，却一时也想不出什么办法让朋朋接电话。于是向公司请了几天假，从医院坐出租车去父母家，当时是害怕一人在家又闷起来怎么办。

关于是否是心脏病的问题医生未给肯定回答，却要他在下一次"闷"发作的一刻来医院检查心电图，他们强调心脏病是在发作时才会在心电图上显示，但所谓发作就那么几分钟，送到医院已成为过去式，心电图便做不出。

听起来像个悖论。

对于父母的疑问，他是这样解释，比如，朋朋出差，自己有点累，想在家休息几天并有热饭菜吃，父母应该很高兴独生儿子回来，同住一个城市，他至少有两个月未回家，可他们高兴不起来，儿子的脸苍白，端起茶的手竟微微发颤，可身体明明很结实，考虑到他一向神经过敏，老俩口正伤脑筋用什么样的措词劝他去医院体检，却不料当晚，儿子让父母帮忙叫出租车去医院，说他胸口发闷。

这天朋朋中午才起床，两片眼膜敷在肿胀的眼皮上在浴缸泡了一小时，她在想接下去该怎么办。电话铃响，手机屏幕上显示出金振源的手机号码，她没有接，此刻对丈夫唯一可做的也就是不接电话，不过她马上就明白该怎么办。丈夫不是在找她吗？那好，她要让他找不到。

她给表姐舒欢挂电话，要求到她那套空关几年的新房住一段时间，并言明付房租。舒欢很爽气，说这房只借不租，意思是不会收她租金，却不问她为何租借房子，朋朋便有几分落单，连母性十足的表姐都不向她问长问短，谁会给她机会倾吐心事？可她忘了自己平日的颐指气使自以为是，还有她本身的成功标志。

"小心，朋朋，你是顺风行船！"表姐有过这一类告诫，听起来更像赞叹而不是警示。

把替换衣服、日常用品以及婚姻的牢骚统统装进巨大的行李箱运到表姐那套新房，她是打算过一段分居日子，当时只想着怎么才能刺激金振源，或者说，向他的麻木报复！

想休息一天再去公司，老板电话追过来，说要赶回美国，召开紧急会议交待种种事宜，作为强有力的助手，老板对朋朋实话相告，他回美是去处理家事，朋朋的心理便有平衡，是啊，连老板都有家事问题，可见幸福之家的概率很低。虽然这样安慰自己，虽然连分居处都安置好了，其实是惊慌的，天空灰暗起来，内在的自信有了缺口，老板临走时问她还有什么问题，竟想抓住他的衣角，能否通过会议讨论家事？这天回到住处已夜深，因前一晚做了一夜噩梦没睡好，所以上床后倒头便睡沉。所有的迷失是在第二天早晨醒来时，醒在一间窗户朝向、家具摆设完全迥异的屋子，是握不住方向的迷失吗？

带着这样的感觉上班，明明是坐在公司自己坐久的位置上，突然就觉得荡空摇晃起来，就像坐在无法落地的飞机上，她给曲亮挂电话，他问她过得好吗，她脱口而出，"不好！"一阵沉寂，补充道，"觉得把青春都卖给了公司，但不做公司又能做什么？"是否在把自己的心情轻描淡写？

曲亮问，"情绪很低落呵？有空过来坐坐嘛，"想一想，"说好了，明天晚上，忙完你的事，晚些来没关系。"放电话时又问道："想吃什么？"

"想喝汤！"才说出口，眼睛便湿了，他把她带回人生的低层次，从中感受的力量却非同寻常，而此刻能够指认的匮乏就是汤水了。

他笑，"证明你很久不在家里吃饭，

啊，让我想想做什么汤？"在问自己，"现在这个季节老鸭汤、各种药膳汤酒店也喝得到，应该让你尝尝我做的西式汤，咿，忘了告诉你，我是正宗的西餐厨师。"

顿时有了期待，她孩子气地央求："等我到了再做汤，喜欢看你烹调！"

他用笑声答她。她抬起头，窗外的天空似乎在升高，然而不能说是百分之百的振奋，还有无法拂去的忧郁的和音，那是她触及不到的曲亮的人生被磨损的那一部分，然而，正是缺损，令她走近他。

无论如何，生活中有个曲亮，真的不同哟！舌尖滋味顿时复杂起来。

这天她把手机放在桌上，每一次铃响都要看显示屏幕，但丈夫没来电话，赌气是在他重视你才有效，如果根本不放在心上呢？朋朋越发气恼！却等来妈妈电话，因为金振源给她打电话，"他吞吞吐吐也不说什么，他倒是从来不主动给我们家打电话，我想他不会无缘无故打来，"妈妈又问："你们是不是吵架了？"

她否认，心里有一丝快感，他到底是要找她的，想起被他追求的日子，天空每天是明亮的，哪怕下着瓢泼大雨，多想回到那样的日子。

总之一颗心上上下下起落多次，但仍然以惯性进入日程表，种种事宜处理完，甚至还代表老板宴请客户，工作日完成的时间是十点，"曲家客堂"也该关门了，给曲亮打电话，他说："材料都备齐了，你一到我就开始煮汤，今晚是道地的周末晚。"她一路步行去他的店，自个儿笑，的确是个道地的周末晚，朝着曲亮的厨房去，让人心里多么踏实。本来自己的情绪图表上，周末和节假日总是最低潮，这是些盼望生活馈赠却又知道失望是必然的灰色时光。

伙计们正要离去，顺便把"关门"的牌子挂出去。"现在是我的私人烹调时间。"曲亮轻松地说道，穿上白色工作服并戴上厨师帽，朋朋微微吃惊地看着他改变形象，眼前同时浮现另一个曲亮，心不在焉提着琴盒总是有女子相伴左右的漂亮男人，黄昏站在窗口却遥不可及。

他也在凝视她，微微笑着微蹙双眉，"看起来是有些憔悴，"并不追问，"喝汤，喝汤，一碗靓汤可口暖心忧愁就被驱走，"半真半假，"不管在哪里，不管什么时候，美味是你最后剩下的安慰。"

什么样的沧桑令他有这份心得？

朋朋却岔开话题，"你厨房的干净令我印象最深刻，干净得像个孤岛，举目看出去都是污秽的城市，保持住你的干净，需付多大代价？"

曲亮说："多请两个清洁工就做到了，当然对一个小饭店，也可说是代价，好在这客堂本来就是自己家，其实是我祖母家，不用付高租金。"

"总之，不用急吼吼等着收回成本，这生意就可以兼顾审美。"

"嘿嘿，兼顾审美，"他却苦笑，"正是我的弱点，所以我不是好生意人。"

"如果生命的大半是交给工作，工作

环境再不好，简直是糟踏生命！"

"已经有体会？"

"因为我是工作狂，心里一烦便会反省，可是我也找不到其他的生活方式，让自己觉得有意思。"

曲亮从冰箱里拿出备好的材料：鲜虾红萝卜洋葱椰菜番茄酱牛油面粉炸面包粒等，竟也摆满灶台。

"哇，做个汤也这么麻烦？"朋朋惊问。

"不麻烦，很快做好，因为是现做现吃，所以选了一款比较不费时间的葡式虾汤。"

"葡式？你是说葡萄牙风味？"见曲亮点头，朋朋伸伸舌头，感觉顿时好起来，"哇，听起来很诱人！"

"不一定，各人口味……"

朋朋笑着打断道："我们是崇洋媚外一代，哪怕是俄罗斯的黑麦面包听起来也比自己国家的肉馒头浪漫，要说老实话，对于我们的中国胃，饥饿时的第一选择是馒头而不是法国面包。"

他笑，"'崇洋'也是崇拜形式，年轻的时候比较华而不实嘛！不过，要是晓得人越活越现实，华而不实的阶段长一些才好。"忽然转话题，"很久不做西餐了，今天算是热身，下次请你尝最熬心力的法式汤，清汤，那可是汤中之汤，汤的贵族。"

"喔，这汤怎么做？说来听听！"朋朋好奇。

"光是熬汤就要三个小时，之前把汤里的材料搅碎揉和，虽以牛肉为主，相配的也有十多样，熬的过程是关键，火候很要紧，木铲搅动的手势也有讲究，这三小时，厨师的木铲徐徐搅动，是用感觉也可以说是悟性搅动，汤里的东西必须凝结漂浮在汤面，到最后才被清除，在它们留下精华之后，如果凝结不起来汤就浑浊也就废了，所以都说清汤是厨师的专注和才华熬出来的。"

朋朋咽着口水，如果"煮"是艺术，

"吃"的渴望便上升为热情，觉得"煮"和"吃"这两样都有了之外的意义。

锅里清水已沸滚，曲亮撒盐少许并放入生虾，虾身瞬时泛红，立刻用漏勺捞起，说道："虾生活在水中，身体柔软皮色发青是冷血动物，但遇到高温，全身连眼睛须髯都成鲜红，它的生命激情是在被烹煮的一刻，所以它的精华就到我们人的嘴里。"

"你可以写一本关于厨房美学的书！"朋朋感叹着。

"倒是从来没有想过能写什么东西，不过，厨房这个地方可以很埋汰，也可以让你觉得富于创造性，总之，因人而异，其实是因你的心情而异。"

等着虾冷却时他将红萝卜土豆洋葱番茄切粒，椰菜切丝，热烈的蒸汽里菜刀切开蔬菜时鲜脆的嚓嚓声，朋朋感受的就不仅是温暖，是童年的厨房气氛，蒸汽和砧板声里跟着妈妈转来转去所拥有的安全感。是的，暖意融融的安全感，以为成年后不再需要的某种感觉，或者说对这种感觉的渴求，却在此时奔涌而至。

铁锅已热，他放入牛油，把切碎的蔬菜一起爆炒后放入虾汤里，定时钟拨到二十分钟后，招呼朋朋一起坐回客堂间，继续刚才的话题，话题对位他便健谈，而且推心置腹。

"在国外，作为异族总有些落寞，没有自己的位置，即便有车子房子，可在精神上觉得自己像一粒沙子撒在人家的文化里。这种时候厨房给我超越国界和种族的和谐，吃是本能，是自然，所以，我通过厨房找到归宿感。烹调哪种风味的菜并不重要，重要的是要烹调这个过程，就像客人是哪国人并不重要，重要的是你做出的料理和客人的关系，厨师是通过他的料理与客人沟通。领悟到这一点，我就不再被孤独淹没，于我，便是职业之外的收获。"

她张张嘴却没有相应的话语应答他，

伶牙俐齿是在谈判桌上，心情感受之类话题很少提及，不表达就拙于表达。

他又说："并不是说，到了国外人生问题就多了，只是变得敏感了，刚到陌生地方求生，总会有挫折，作为一个外来人是处在收缩状态，触角是伸往内心，开始触摸缺憾，缺憾一直存在，可在顺利时，用英语说，生活得比较 easy（容易）时，是不会去触摸内心更深的角落，当然，是感受不到缺憾的！"

曲亮把汤盛在西式盆里放到她面前，朋朋已经急不可待，虽然在酒店用过晚餐，看着她把汤小心舀起送入口中，那是作为厨师的曲亮等待的第一口，可她却用手蒙住眼睛，不好意思地笑了，"我想说，我差一点喝不到你的汤。"

"怎么会？"

"前几天一架麦道飞机在上海机场紧急迫降，我就坐在这架机上，所以差一点去另外一个地方……"朋朋笑说，可能眼圈在红，"是你的汤好喝，才让我有这样的联想。"

他有些吃惊，皱起眉头，"我看到新闻，这经历可不好玩。"

"是啊，虽然有惊无险，可那个过程想起来还是很受刺激！"泪水快要不受控制。心里恨自己小儿科，泪水属于善感年龄。大学后进公司，都记不得曾为什么流泪。即便恋爱，然而，婚前和金振源的约会能算恋爱？她现在开始怀疑，没有心跳，紧张，甚至争吵，一切过于顺理成章，因为过于般配？专业，年薪，教育背景，甚至身高。两人一起看电影，只看喜剧片，所以，坐在电影院流泪的机会也不再有。

"要是觉得紧张解除不了，可以找心理医生。"

朋朋反而笑了，"没有那么夸张，这几天心情不好是因为其他原因……"犹豫着，到底还是沉默下来，低下头把汤喝完，把空盆给曲亮要求再添。

他说："下星期周末我丈人生日，想为他做法国菜，"笑起来，"用现在时髦话，他算得上一个品位高尚的食客，我部分烹调手艺是从他那里学来，老丈人已开出菜单，好家伙，清汤是首选。"笑容里竟包含感激，是那份菜单体现的知遇之恩？

"我会为你留一份，那天晚上你过来，生日宴席安排在中午，考虑到老丈人已过八十，养生要紧，晚上不能饱食。"

她抿着嘴笑，这是最富实质的安慰，稍一回味，惊问：

"你太太也在上海？"

他摇摇头一笑，"她不会回来，有一份工走不开，再说儿子读中学她要照顾。"加上一句，"事实上，我们已离婚，所谓丈人也是前丈人了。"他一笑，她也跟着一笑，并不好笑，赶快跟着说一句，"I'm sorry！"

一时不知说什么好，她一向不懂安慰人。公司有男士认为她不够女人味，批评得很婉转，说她漂亮聪明足够，添上女人味就算完美。现在想起，平添自卑，没有女人味的女人，不就和娘娘腔男人一样，有性残疾嫌疑？

听见他在说："我这人注定平庸，连离婚都离得老套。"不解地看看他。

"那时候练琴是潮流，后来加入出国潮，再后是留学生的离婚潮。"

"你不会为了赶潮流离婚，是吧？"朋朋问得很认真。

"不会！只是从发生到结束，这件事本身毫无新意。"

"她先去美国，然后为你办妥一切手续，你在大洋对岸的候机大厅与她重逢，可她身边还有个陌生男人，她把收据给你那是为你付的第一学期的学费和第一月的房租，附上四十元现金，用来付机场到住处的出租车费还可找零。同时附上的还有离婚协议书，她说，夫妻之间的情意，她已通过付费的方式还清，她要你原谅，作为一个女人，单枪匹马闯荡美国的难处。"她半开玩笑代替他叙述某个经典场面（也许从老板那里听来），她是想化解可能到来的伤心故事？一个口袋里只有零钱的男人在外国机场与心爱的女人重逢然后被她抛弃，这样一种毫无退路的全线溃败，她不想面对比之更绝望的男人。

谢天谢地，他笑了，说道："不至于这般戏剧性，或者说，我的前妻不至于这般冷酷！"敛起笑容，并非有叹气的成分，"她去那里三年以后，我才拿到签证，可对她来讲，去美国头三年就像三十年一样，对这种漫长我比她先丧失信心，已经讨论分手，却又得到签证。我最初相信命运，就是在那一刻，签证官员对我说OK的时候。"他微微抬头，回望过往的神情，仿佛在感受"那一刻"的感受。她在重新想象当年的他，她的窗口偶像背后的挫败。轻轻叹息的是她。

他去厨房拿来干红葡萄酒和玻璃杯，

为他俩各斟半杯，正合朋朋心意，她不喜欢满杯酒。

"是这样，从根本上，重逢是分离的开始，虽然我们又一起生活了三年，我是指朝夕相处，期间，我们有了孩子，是个男孩。我们当时的家在中部伊利诺思州的小镇，一个像童话一样美丽的地方，当然，那是我刚去的感觉，实际生活中，在那个地方，我找不到工作，也无法在音乐上发展，那时，我对自己的演奏才能仍抱有幻想。我去了纽约，开始我们之间第二次长别，对于我是唯一的选择，假如我想担当养家糊口的主力，假如我想获得我作为男人作为丈夫的自尊，事实上，获得所谓自尊是我当时去纽约的最大动力，因为她在当地的私人学校任教，工资不菲，足以维持家用开销，以后儿子还可以在她的收费昂贵的学校得到免费优惠。"

他的半杯已喝完，又给自己斟了半杯，"我在西餐馆打工时，学会品尝各种葡萄酒，但我浅尝辄止，想起来不可思议，在那段单身日子，我居然没有成为酒鬼。”

"因为你身在厨房，没有必要在吃喝上放纵！所以你妻子，我是说你前妻希望维持现状。"朋朋由此及彼匆忙改变话题，是在匆忙填补空白，十三年的空白。

见他点头，她说："她当然反对你去纽约。"朋朋性急地发展他的故事。

他摇摇头，"其实，她很矛盾，一方面，她希望我在她身边，她一再跟我强调，生活可以简单更简单，但丈夫不在身边的日子很难忍受，既然我是她的丈夫。"

"喔？"朋朋看住他。

"是，她话里有话，她一直暗示我，她身边有个持久的追求者，他们是同事，她对自己没有把握。"

见朋朋蹙起眉尖，他说："她是好女人，所以也是软弱的女人。冬天，也正是学校放假的时候，雪把路封住，十天半月守在家，那时，什么最重要？身边人的体温！小镇虽然美丽，可谁能抵御多雪的冬天独自守在空屋子的寂寞？所以，积雪的日子单身男女匆促同居或结婚，雪化了，他们又分手。"她深深点头，想象着那个有女人味的女人，以及人世间短暂的分分合合。

"你说她很矛盾。"见他沉默她提醒道，这就是朋朋，她不会被故事淹没，她用她逻辑化的思维整理着故事所包含的实质，这是她作为另一类女人的矛盾，在她不由自主沉湎在他的叙述所带来的磁场时，她想通过整理令自己保持头脑的清晰。

"是啊，另一方面，她认为我应该去发展自己的才能，我申请到纽约一所音乐学院的奖学金时，她反而催促我前行，那时我们的男孩才两岁，我心里不忍。"他深深地却又很克制地叹了一口气，轻轻一笑，好像是笑自己，"她和大部分妻子一样对丈夫抱有幻想，她希望我成功，并且认为我可以成功，她对我的演奏才能估计过高，她相信我有一天会坐到乐队首席。嘿，哪个妻子不是高估自己的丈夫，那种盲目的自信有时很可爱，可有时，却变成丈夫的压力，如果丈夫比妻子还软弱！"

不要说你软弱？你的美味比你想象的更有力量！她想告诉他，可表示好感让人难以启齿，朋朋想起曾当着众人对他的表白，无所顾忌是因为当时与他相距甚远？

"你放弃音乐改行厨师，这比分离还让她难受？"她问。

他有些惊异年轻的她对世事的明白，"女人了解女人。"他说道。

她追问："可你不是拿到奖学金？你在学院深造，什么动力令你放弃？"

"正是在深造的同时，我看清自己至少在音乐上已经到顶，或者说，是纽约这座城市让我看清自己，那是一座天才聚集也是梦想聚集的地方，恰恰是在梦想之地梦想破灭。"

他的手摸着酒瓶，似乎要给自己斟酒，

却又放弃了，见朋朋只是表面化地饮酒，即酒仅仅是触到她的唇，便又回到杯里，怪不得杯里的酒总是不见少，他站起身："忘了问你是否喜欢葡萄酒，我去煮咖啡。"便去厨房。

"这么晚不敢喝咖啡。你不会想到我这样的人会更适合中国酒。"她跟着他进厨房，自己动手倒了半杯上次喝剩的加饭酒，他为她换酒杯，瓷杯盛黄酒，放进微波炉转了几圈，立刻满厨房的酒香，她感叹道："今天的你更适合生活，也许她后悔？"

他缓缓摇头。

"这些都是次要的对于她，会不会做菜，懂不懂享受生活，重要的是，她的梦想破灭，也可以说，她不能接受我的没有梦想的生活。"

他们已回到客厅，喝着不同的酒，他的故事令她压抑，可同时也在释放她的压力，一种无法描述的沉重和轻松。

"何以见得厨师这个职业没有梦想？我正是在你的厨房懂得，只有平庸的人没有平庸的职业。"谁已经说过这句话？可这也是朋朋真真切切的感受。

他笑得舒展，"谢谢了朋朋，为你这句话我要专门为你烧一桌菜。"朋朋直笑，再一次感到眼睛发热，只能把酒杯举起来挡住自己的视线，听见他在说："不过，这是你现在看到的我，可当时，我离开音乐界的确是放弃。具体说来，我在读学位的同时打工，我尽量多寄些钱给她和儿子，每一次去银行都有这样的错觉，好像，我来纽约仅仅是为了满足寄钱的心愿。我打工的那家西餐馆老板发现了我的烹调才能，为了留住我他答应帮我办绿卡，我与他签了三年合同，没有来得及毕业，当然，毕业不毕业其实一样，既然我内心在放弃。我当时安慰自己，我可以随时回学院补学分拿学位，但是不会料到，一旦自己完全退出音乐界，竟无比轻松，我才明白所谓的音乐理想是我给自己套上的枷锁，我知道我再也回不去了！"

"她提出离婚，你就答应了？"她竟然带着几分责备，不等他回答，"我已知道，对她，你也是放弃。一生中你最喜欢的两样，你都选择放弃——你的小提琴和你的妻子。"他再一次吃惊年轻的她对世事的明白，可他只是抬抬眉毛，额上划出皱纹，他的脸容便有沧桑，她就在这一刻发现，十三年前的感觉又在心里微妙地波动，她又恋上他了吗？荒唐的是，干涸的心正涌起潮水。

他不声不响看着瓶里的酒，似乎在犹豫，然后，给自己斟了小半杯酒，一边说道，"刚离婚的日子，每天晚上和这些酒挣扎，喝完半杯再添半杯，一直添下去的渴望和我的理智挣扎，那些危险的夜晚，可能成为酒鬼的夜晚……"他轻轻一笑，在对自己笑。

她起身去洗手间，如果不去，她会在

他面前哭出来。

　　她朝家漫步，告别曲家客堂，她不忍心再回表姐新房，似乎，从曲亮身上，她感受到所有丈夫的心，她不想再伤害金振源，她身上的某些坚硬部分，正在柔软。

　　深夜两点，市中心残存周末夜的活力，马路上仍有行人。经过衡山路，那里更是灯火通明，各家酒吧门口的霓虹灯竞相闪烁，光芒尖锐，落地玻璃窗内却灯光幽暗闲坐时髦男女，她太明白这条马路营造的浪漫是什么，与金振源约会时常来这儿，以后不来，再也不想来。是酒吧不地道，还是与金振源有问题，总之，两人只要一坐到这儿，就剩下一种感觉：无聊，和更加无聊！

　　一辆出租车尾随她轻按喇叭，她不得不停下朝他摇手，她想走回去，为消化满满的情绪，从来没有过的满。走过灯红酒绿，马路复又宁静，此时才发现树叶刚刚发黄，已进入十二月，温度迟迟不降，令人不舒畅的暖冬，空气潮湿，发黄的叶子湿漉漉的，它们在等待寒流，然后枯萎脆裂，在阳光下壮烈地铺洒出金黄？

"不能执着，不管是艺术还是感情，是不敢执着，怕溃败到没有退路。我，就是这么软弱！"曲亮用这句话结束他的故事。

她走在应该铺满落叶现在却是五颜六色铺上地砖的街面，她突然从他说的软弱里感受到另外一种东西，那是什么？是退缩的优雅，为了不让自己的心碎到无可收拾？还是对命运认同的宗教感，过眼烟云能握在手吗？无法说清的感悟，但心里涌起的是温柔，温柔的怜悯，对他和他的前妻，对自己和金振源。

她拧开房门，玄关的灯暗着，她的心跟着一暗，她旋亮客厅灯，眼前景象令她大吃一惊，是她离家时的景象，满地玻璃碎片，和洒落得更远的枯竭的花瓣，枯竭本是干花的美质，但现在它们已脱离枝干，像一片片小纸屑。萎落后的干花已成另外一种物质，总之，与最初汁液淋漓的鲜花已成陌路。

朋朋对着满地狼藉发了一阵呆，才想起什么似的冲向卧室，那里，自己睡过的被褥还未叠起，金振源从那晚被她锁在门外之后没有再回来过吗？心里就乱了。

虽是下半夜，可她等不及了，拨通金振源的手机，电话响了两声，接电话的声音令她又一次大吃一惊，那是金振源的母亲，她哽咽着告诉朋朋，老俩口刚刚陪金振源从医院挂急诊回家，"你不要着急，每一次心电图都是正常。"婆婆马上安慰道。

"挂急诊去做心电图？"

"一天发作几次，每次都是胸口发闷浑身发抖，振源自己认为是心脏病，来不及地去医院做心电图，每次都正常，朋朋，你总算回上海？"

"唔？"

"他不让我打电话，说你人在外地帮不上忙白白着急，说过几天就会好，可是……"哽咽声又起。

她愣着，听见婆婆在哭，大声道："别急别急，我马上到。"

朋朋终究没有喝到曲亮的汤中之汤——法式清汤，下一个周末到来之前，曲亮接到朋朋电话，"最近家里发生一些事，等事情过去，我再告诉你。"她的声音充满困扰。他没有来得及说什么，她急急忙忙把电话挂了，好像很怕听到任何询问或安慰。

一场又一场雨，绵绵小雨夹着冷风，但温度总在零度以上，树叶在雨中萎缩、掉下，混杂在泥水里，暖冬是萎靡的季节，一月已过，春节都快到了，不会再有枯叶金灿灿铺满一街的壮观，那一片片失去生命的叶子曾被太阳晒得坚挺饱满，像风中的帆鼓起来，风吹来时才能感受它的轻。曲亮想给朋朋打电话，好几次电话拨到一半便放弃，要是她不来电话，说明她也不想接电话。想象不出她会遇到什么样的挫败，一个不愿意给别人看到泪水的女孩，她的某种强硬比软弱更令人担忧。

此时，几千里之外的丽江晴空万里，朋朋正伏在有些摇晃的酒吧矮桌上，给曲亮写信。

"请原谅我不再称呼你叔叔，'叔叔'令我们成为两辈人，感觉上你不是我的前辈，或者，我已急急忙忙赶上你的成熟。

一直没有时间，不，是想等有个好一点的结果再去你店，看起来是我太急。老话说：病来如山倒，病去如抽丝。可我丈夫发病前已有种种迹象，作为妻子的我竟毫无所知，其实，已有端倪，比方，他着魔一样的健身，而我只会用普通常识判断，我在向他发难时他已危在旦夕，每每回想，心中塞满懊恼。

　　他得了很严重的忧郁症，有一阵几乎不能上街，发作时就像心脏病，那时一天挂几次急诊，他甚至有轻生念头。后来还是一位内科专家建议我们去找心理医生。

　　发病原因很复杂，多年压力积累、激烈的打击云云。仔细回想，他出自少年大学生班，几乎从求学开始进入竞争，然后是职场拼搏，作为高科技通讯工程人员，知识更新飞快，从无懈怠。然后他少年朋友时的某网络公司三十岁总裁突然病逝，他深受刺激，可我当时完全无视他的状态，事实上，连他好友过世我都不知，我说过，我也是个工作狂啊！

　　他父母说他一向胆小怕羞内心很脆弱，医生认为他的性格并不适应竞争太过激烈的行业，但也许，正因为想战胜自己，他才一直要做到最好？最可悲的是，我与他约会两年，结婚也快两年，对他个性了解并不多。就像你说过的，人在顺利时，连自己的内心角落都不触摸，更何况他人！

我很感激很感激在你的店度过的那些夜晚，你的美味传递给我的能量，多么温暖呦！还有你的故事，多么忧伤呦！我通过它们反省自己，是你在支持我度过后来辛苦的日子。我在体会原先我生活的完美性的虚假，和今日缺损的真实感。

我丈夫已辞职，我也暂时休工一年（老板不忍心炒我），我们把热门地段的房子卖了，买了靠近郊区的房子，是原来房价一半，所以，即使一年不工作也没有关系。

现在，我和他坐在云南丽江古城的小酒吧，顶多十五平米的空间，只放了两张桌，我们俩就占了一张，感觉上像在朋友家。在上海，只有你的店，给过我这种感觉。我们刚吃完早点，是酒吧老板为我们做的肠旺面，云南人把猪血称为旺子，放了很多辣子，辣得我们又抹泪又擦鼻涕，很激动的样子。这里的酒吧都带餐馆，能为老外做西餐，更乐意为我们做云南风味的菜肴。酒吧咖啡一块五角一杯，晚上将去另一家店吃火腿土豆砂锅饭，五元一砂锅，另送泡菜和茶，我们两人吃一锅还剩。哗，在上海一个月的工资，可在这儿过上三个月，如果节省一些，如果租住当地纳西族的民房（这些漆成暗红色的木头房子，看起来歪歪扭扭，因为刚刚经历过七级以上地震，木结构的柔韧令它们具有很强的抗震力而给我们深切的安全感）。

重要的是，这里缓慢的生活节奏，令我们有时间停下来想想自己。

此刻的我正伏在高低不平的酒吧桌上给你写信，丈夫在我边上戴着耳机听音乐，酒吧老板在另一张桌上看书，他过去是画家，如今他带着女友在这里做酒吧，过一个没有期限的假期（他的原话），偶尔还画，但不再参加画展，间断性地关店去还未开发的寨子，对他来说，丽江成了主流社会，（旅游者成群结队把小小的四方城挤满，好在他们匆匆来了又走，这里一探那边一望，就算到此一游，想起过去的我们做人也是这般潦草），他要去更远僻边缘转换空间，就像我们来到这里。

门前小河的水流湍急清澈，是从山上冲下的溪流，天蓝得睁不开眼，阳光炽热，想想吧，海拔三千米的阳光怎能不灼人？我的脸上晒起雀斑，老外们觉得雀斑是美，他们干脆躺下来，躺在河边晒太阳，他们和我们一样，用手搓洗衣服，住没有洗澡设备的旧房，骑着自行车在小巷里拐来拐去，吃肠旺面时流着鼻涕。

这些衣着发型古怪的老外，并非逗留几天的旅游团成员，也不是装备齐全扛着睡袋和尼康相机的探险家，一年中的两个季度他们在这里消磨，还有两季回自己的西方国家打工，打些体力工，赚够生活费再回到这儿，是，他们放弃自己社会的主流竞争，放弃，才令他们有此刻的松弛。

知道吗，在这里是什么令我眼睛发热？我想象你，还有那位韩国女孩，你们在纽约地铁演奏音乐的情景，我不知其间是什么令我联想？令我想流泪？

有一天，在这间酒吧，遇上一名三十开外的男子，是吗，这样的年龄不能算太年轻？他原是广州一所大学历史系的讲师，有一天他辞职，卖了家当，换回旅资，挂一架老式海鸥相机的他，在这一带在云南西部漫游了好几年，他曾独自越过中甸到西藏，走过许多无人区，遇到过塌方、泥石流，从搭车的大卡车上摔下，迷路在林区，好几次大难不死。他有温和的笑容，但话很少，词语简单，当年他可是个文科教师啊！是因为孤独漫游令他不再习惯说话？他的安静的双眸，注视你的时候带些孤寂，就是那么一瞬间打动你。他离去时，为我拍了一张照，我对着他的镜头笑着，却在他按下快门的一刹那流下眼泪。瞧着他远去的背影，我又想起你，想着你的美国经历，想着你在厨房戴上厨师帽的形象，突然看懂你脸上的神态，漫游者的神态，安静而孤寂。

就像你说的，何谓成功何谓失败？也许，内在的自由，是从放弃开始？"

金振源看着笔尖刷刷不停的朋朋，笑叹，"你可真会写啊！是不是在公司给老板做企划报告锻炼了你的写作能力？"今冬，他的第一个笑容。

是阳光的缘故吗，金振源苍白了几个月的脸竟有红晕。朋朋怔怔地看着他，却见他拔下耳机，示意她倾听，正是她听之不腻的歌啊！每每令她怔忡的歌：

"告诉劳拉我爱她，
告诉劳拉我需要她，
告诉劳拉不要哭泣，
我对她的爱永不枯竭。"

在她年轻的人生，从未有过这样的表白，也从未得到这样的表白，她因此而无法释怀吗？

她摇头，轻笑，是对自己。

然后，在歌声里，她继续写道：

"有个心愿希望你成全，回上海后，我想去你厨房打工，请给我三个月，至少让我学会做法式清汤，想喝你的汤，拜托了呀！"

**图书在版编目（CIP）数据**

无性伴侣/唐颖著.-上海：上海文艺出版社.2017.4

（小文艺·口袋文库）

ISBN 978-7-5321-6245-1

Ⅰ.①无… Ⅱ.①唐… Ⅲ.①中篇小说－小说集－中国－当代

Ⅳ.①I247.5

中国版本图书馆CIP数据核字（2017）第047676号

发 行 人：陈　征

出 版 人：谢　锦

责任编辑：乔　亮

封面设计：钱　祯

书　　　名：无性伴侣

作　　　者：唐　颖

出　　　版：上海世纪出版集团　　　上海文艺出版社

地　　　址：上海绍兴路7号　200020

发　　　行：上海世纪出版股份有限公司发行中心发行

　　　　　　上海福建中路193号　200001　www.ewen.co

印　　　刷：山东临沂新华印刷物流集团有限责任公司

开　　　本：760×1000　1/32

印　　　张：5.375

插　　　页：2

字　　　数：72,000

印　　　次：2017年4月第1版　2017年4月第1次印刷

I S B N：978-7-5321-6245-1/I.4983

定　　　价：23.00元

告 读 者：如发现本书有质量问题请与印刷厂质量科联系　T:0539-2925888

小说